A. Roeper

Sonnenschein und Wetterstrahl - Aus Danzigs Sage und Geschichte

A. Roeper

Sonnenschein und Wetterstrahl - Aus Danzigs Sage und Geschichte

ISBN/EAN: 9783944349459

Auflage: 1

Erscheinungsjahr: 2013

Erscheinungsort: Bremen, Deutschland

Sonnenschein und Wetterstrahl.

Aus Danzigs Sage und Geschichte.

Von

A. Roeper.

Mit Zeichnungen

von

Moritz Wimmer.

Danzig.
Verlag von Th. Bertling.
1890.

Inhaltsverzeichniß.

Anhang.

Aus Danzigs Umgegend.

Wohl durch viele deutſche Gau'n
Bin aus Dir ich hingezogen,
Von den blauen Meereswogen,
Bis wo Berge hoch ſich bau'n,
Von dem Grenzland fern im Oſten
Weit noch übern grünen Rhein;
Doch im tiefſten Herzensſchrein
Wollt' die alte Lieb' nicht roſten.

Sah manch' Städte volkesreich,
Manche, alt und würdig ragend,
Hoher Dome Zierde tragend,
Lieblich klein' und rieſengleich,

Stromdurchglänzt und bergumschlossen,
Räumig weit und enggedrängt,
Doch die Lieb', die an Dir hängt,
Ist nur reicher stets entsprossen.

Fluren sah ich, lachend grün,
Segensreiche weite Felder,
Heimlich rauschend tiefe Wälder,
Bunter Gärten sonnig Blühn;
Herzerquickt und tief durchdrungen
Stand ich oft, still und bewegt;
Doch was hier sich in mir regt,
Ist mir nirgend sonst erklungen.

Deine festgefügte Pracht,
Deine Thürme, deine Mauern,
Die Jahrhunderte durchdauern,
Gleich als wär's nur eine Nacht;
Deiner Fluren weit Gelände,
Manch' ein Berg mit grünem Haupt,
Weiler, freundlich dicht umlaubt,
All die Schönheit sonder Ende!

Meer, an dem ich schauend stand,
Ohne je mich satt zu schauen,
Ob die Wogen leuchtend blauen,
Ob sie tosen wider Strand! —
Konnt' nie, Danzig, dein vergessen!
Schien's auch manchem wunderbar —
Nur wer dein Kind ist und war,
Kann die Lieb zu dir ermessen.

Hier fand ich mein ganzes Glück
In der Kindheit frohen Tagen;
Und vom Lebenssturm verschlagen
Kehr' ich nur zu dir zurück.

Heimathsboden, Landsgenossen,
Seid der beste Trost uns doch!
Ja, zu euch hin sehnt sich noch,
Wenn das Leben fern verflossen.

Laß mich nun zum Lobe dein,
Du, mein Danzig, dankbar bieten,
Was ich geben kann von Blüthen;
Was an Kunst, an Gaben mein,
Wem könnt' ichs wohl lieber bringen,
Als der vielgeliebten Stadt,
Die mich reich gesegnet hat?
Wem kann's inniger erklingen?

Wachse, blühe und gedeih',
Reich an Würden, reich an Ehren,
Außen fest mit starken Wehren,
Innen glücklich, froh und frei!
Mögen Bürger, herzgetrieben,
Auch in später, ferner Zeit
So wie ich, der dir geweiht,
Dich als ihre Mutter lieben!

Der Mühlstein in der Mauer.

Schon wird es dunkel nach und nach,
Doch sitzt man gern im Sommer wach
Bei Trunk und guten Reden;
So sitzen gute Bürger drauß
Auch vor dem Schützengartenhaus,
Schließt auch der Wirth die Läden.

Die Straße ist schon öd' und leer;
Doch da kommt noch ein Wagen her,
Der rumpelt übermaßen.
Da hält er schon; 's kommt wer herein:
„Herr Wirth, wollt Ihr so freundlich sein,
Mich über Nacht hier lassen?"

„Gar gern," spricht der, „doch sagt mir an,
Wer seid Ihr denn, mein lieber Mann?
Was führt Ihr denn für Lasten?"
„Ein Müller bin ich und von Katz;
Ein Mühlstein ist der schwere Schatz,
Drum möcht' ich gerne rasten."

„Geht nur nach oben, schlaft in Ruh!
Den Stall schließ' ich ganz sicher zu;
Doch will ichs nicht verhehlen:
Für Euern mitgebrachten Schatz,
Den Mühlstein, weiß ich keinen Platz;
Den wird doch keiner stehlen?"

„Oho! der liegt allnthalben gut!
Wer den zu stehlen hat den Muth,
Der mag es nur probiren!
Bringt er ihn weg von seinem Ort,
Nehm' er ihn meinthalb mit sich fort;
Will ihn dann gern verlieren!"

O Müller, Müller, das war dumm!
Da sitzen viel' im Kreis herum,
Die haben Muth und Kräfte!
Kaum liegst du da in sichrer Ruh',
Da machen sie sich schon herzu
Und gehen an's Geschäfte.

Zwölf starke Männer sind genug,
Die haben beinah' wie im Flug
Den Stein herab ganz munter.
Und wie er aufgerichtet steht,
Gar hurtig es die Straß' hingeht,
Er rollt wie'n Ball hinunter.

Und als nach wohlverschlafner Nacht
Der Müller morgens früh erwacht,
Da steht der Wagen ledig;
Und macht' er je ein dumm Gesicht,
So macht ers jetzt gewiß und spricht:
„Nanu! Gott sei mir gnädig!"

Da kommt wer von der Stadt heran:
„Weißt du auch schon, du Müllersmann,
Wo jetzt Dein Stein thut stecken?
Der liegt, wo sie die Mauer bau'n,
Da wird der Steinmetz ihn behau'n.
Solch Stück, das soll schon flecken!"

Da lacht der Müller überlaut:
„So werd' er denn hineingebaut
Und helfe Danzig schützen!
Ich hab's versprochen! Doch hinfort,
Herr Wirth, hüt' ich mich vor dem Ort
Und solchen kräft'gen Witzen!"

Der Stein, der saß manch' liebes Jahr
Dort in der Mauer, das ist wahr,
Und giebt uns davon Kunde:
Die Stadt, die ist wohl gut bewacht,
Wo Bürger mit vereinter Macht
Für sie sich müh'n im Bunde!

Der Palmsonntagsmord
von 1411.

ie? könnt Ihr wirklich glauben,
   sie sei'n uns wohlgesinnt?
Herr Letzkau, Konrad Letzkau,
   Ihr wärt ein thöricht Kind!
Hat je der Heinz von Plauen
   Beleidigung verziehn?
Und dennoch seid Ihr sicher
   und trauet immer noch auf
   ihn?"

„Mein werther Freund, Herr Huxer, ich bitt'
   Euch, sprecht nicht so!
Nie war mir bei dem Grolle mit unsern
   Deutschherrn froh!
Am Altar hat der Meister uns selber jetzt
   versöhnt;
Mein eig'ner Feind ist der nun, von dem ein
   Wort des Streits ertönt!"

„Und habt Ihr denn vergessen, was Schweres schon
   geschehn?
Wie Danzig durch Euch blühet, mocht' nie er gerne sehn.
Nun durch den Zug gen Dirschau habt Ihr ihn schwer
   gekränkt;
Und doch wollt Ihr sein Gast sein und glaubt, daß er
   des nicht gedenkt?"

„Dem Wirth, der gaſtlich rufet, wär's Unrecht zu
mißtraun!
Und ſind's auch unſere Feinde, wovor ſoll uns denn
grau'n?
Seht, wie mit Mau'rn und Thürmen ſo ſtark Stadt
Danzig ragt!
Und uns ſollt' er beleid'gen? Nein, laßt uns gehen
unverzagt!"

Die Zugbrück' ſenkt ſich nieder, ſie ſchreiten drauf
zum Thor;
Der ſtolze Bürgermeiſter geht raſch den Andern vor.
Ihm folgt ſein Eidam Bartel, der würd'ge Rathsherr
Hecht;
Als Letzter Huxer murmelt: „Und dennoch gehts nicht
zu mit Recht."

Da ſaß am Weg ein Diener, der ſprach ſo vor ſich hin:
„Und ahnten dieſe Herren doch nur in ihrem Sinn,
Worauf die Mahlzeit ausgeht, ſie blieben ſicher fern!"
Das Murmeln hörte Huxer, verloren wars den andern
Herrn.

Eiskalt durchfährts ihn; leiſe ſpricht er: „Wie ich
geahnt!"
Dann laut dies zu den Dienern: „Ganz plötzlich michs
gemahnt,
Ich ließ wohl unverſchloſſen in meinem Schrank das
Gold;
Das muß ich ſichern gehen; denn Manchen gibts, der
mir nicht hold."

So eilt er ſchnell zurücke; die Andern ſtehn im Thor;
Da hebt mit lautem Knarren die Brücke ſich empor,
Und wie in Kerkermauern ſind ſie nun feſtgebannt,
Doch ſchreiten ohne Schauern ſie vorwärts auf des
Hofes Sand.

Im hohen Rittersaale steht wartend der Comthur;
Mit grimm'gem Lächeln hört er die Schritte schon im
Flur;
Da treten sie zur Thür ein; Herr Letzkau grüßt und
spricht:
„Nun Gott zum Gruß, Ihr Herren! Gern schau' ich
Euer Angesicht.''

„Den Teufel dir zum Gruße!'' schreit laut der
Plauer Heinz.
„Du bist nun in den Händen des oft gekränkten Feinds!
Du trotz'ger Bürgermeister, ihr frechen Rathsherrn dort,
Glaubt ihr, ihr kämt lebendig aus meiner Burg noch
wieder fort?

Wie oft habt ihr so höhnisch auf mich herabgesehn!
Ist je mit euerm Willen, was ich befahl, geschehn?
Verweigertet ihr stets nicht mir Steuer, Pfennig, Zoll?
Glaubt ihr vielleicht, daß freundlich ich euch dafür noch
danken soll?

Der Thurm dort, ist zum Hohne er mir nicht auf-
gestellt?
Jetzt kündigt ihr gar Krieg an, als wärt ihr Herrn
der Welt!
Ja, unserm eignen Vogte schickt ihr schon Feindesgruß!
Dafür will ich euch legen die frechen Häupter bald zu
Fuß!''

„Hätt' ich,'' spricht Letzkau leise, „hätt' ich doch nur
ein Schwert!''
Und laut: „Ich weiß, Herr Comthur, nicht recht, was
Ihr begehrt.
Dem Orden hielt ich Treue nach meines Eides Pflicht;
Nur, wo man wider Recht uns muthwillig schadet,
duld' ich's nicht.

So that der Vogt von Dirschau, drum wehrten wir
uns sein.
Doch heut, Herr Comthur, dächt' ich, lud man zu Gast
uns ein.
Uns hat der hohe Meister, Eu'r Bruder, ja versöhnt;
Seltsamer Gruß den Gästen in Euerm Haus ent-
gegentönt."

„Was? kecke Antwort gebt ihr?" ruft der Comthur
voll Wuth.
„Nun wartet nur, ich weiß schon, was solchen Menschen gut!
Ruft mir den Meister Henker, daß er mit scharfem Beil
Den Hochverräthern gebe, was längst schon ihr ge-
bührend Theil!"

„Nein!" spricht der Meister Henker, nicht roh durch
den Beruf,
„Solange noch kein Richter den Männern Urtheil schuf,
Sind sie mir nicht verfallen; und keinem Herrn zu
Dank
Laß ich das Beil beflecken, das stets zum Wohl des
Rechts ich schwang!"

Aufschäumt vor wildem Zorne dem Ordensherrn
das Blut;
Doch gilts jetzt noch zu zügeln den allzukühnen Muth.
„Nun denn, du feiger Bursche, so geh! auch ohne dich
Will ich den Herrn schon zeigen, was ich vermag, allein
für mich!"

In engen Mauerkerker wirft man die edeln Herrn;
Doch halten sie am Muth fest, ist auch die Hoffnung fern.
„Und muß für unser Danzig uns treffen Todesnoth,
So gibts kein besser Sterben; es find' uns unverzagt
der Tod!"

Beim üpp'gen Mahle lärmen die Deutschherrn laut
und schrein:
„Nun lassen wohl die Danz'ger die trotzgen Reden sein!
Ihr lieber Kunz, der sitzt ja bei uns im Käfig hier;
Nun schweigen wohl die Stolzen! Die Herrn sind nun,
wie vormals, wir!"

Und lauter geht und lauter beim Wein der tolle
Braus;
Nur einer sitzt wie stumm da, die Stirne finster kraus.
Doch freuts ihn, wie stets wilder manch' Trutzruf da
erschallt.
„Ha!" spricht Herr Heinz von Plauen, „nun find' ich
meine Rache bald!"

Nicht lang', so ruft er schallend, daß es den Saal
durchdröhnt:
„Das ist gar wackre Rede fürwahr, die da ertönt!
Was fürchten wir die Städter? Der Ordensritter Macht
Hat auch Jagiell von Polen trotz allem nicht zu Fall
gebracht.

Gezähmt muß endlich werden der Bürger Uebermuth;
Und wollen sie's nicht anders, nun denn, so fließe Blut!
Gefangener Mann bricht Ketten; doch wen das Eisen
traf,
Der stiftet nimmer Aufruhr; ihn kettet fest der ew'ge
Schlaf."

‚Gewiß!" so schreit ein Jüngling, von trunknem
Muth entflammt.
„Zum Teufel mit den Städtern! sie sind auch so ver-
dammt!
Den möcht' ich sehn, der böse nur anzuschau'n mich
wagt!
Sie müssen stille schweigen, ob's übel oder wohl be-
hagt."

Laut stimmen ein die Andern, es dringt in wildem
Sturm
Der ganze Haufe tobend hinauf zum Kerkerthurm.
Die drinnen hören Alles, sie wissen wohl, was droht.
„Leb wohl, mein theures Danzig! nicht bitter ist für
dich der Tod!"

Die Kerkerthüren krachen, schon dringt der Schwarm
hinein:
„Ihr frechen Bürger, fahrt jetzt zu Höll' und Teufel
ein!"
„Dem gnäd'gen Gott im Himmel befehlen wir den
Geist!"
Ruft Letzkau donnerstimmig, „der solche Mörder von
sich weist!"

Sie greifen, was Verzweiflung an Waffen finden kann;
Sie stürmen muthig drängend den Mörderhaufen an;
Wohl fällt kein Schlag vergebens, wohl sinkt manch
Ritter hin;
Doch allzugroß die Obmacht! da bringt kein hoher
Muth Gewinn!

Der alte Rathsherr Arnold zuerst durchstochen fällt;
Dann Bartel Groß, der junge: „Leb wohl, du schöne
Welt!"
Zuletzt auch Konrad Letzkau: „Dir, Danzig, treu im Tod!"
Da leuchtet durch die Scheiben mit hellem Strahl das
Morgenroth.

———

Und fragt ihr: „Blieb der Frevel der Mächt'gen
ungesühnt?"
Wohl blieb er's in dem Jahre, da Niemand sich erkühnt;
Doch in der Bürger Herzen der Ingrimm wuchs und
schwoll,
Und endlich mußt' erliegen der Ritter doch vor ihrem
Groll.

Die Burg, des Frevels Stätte, ward eben bis zum
Grund;
Kaum thun noch wenig Trümmer, wo einst sie prangte,
kund.
Doch von den muthgen Bürgern, treu auch in Todes-
noth,
Da meldet noch ein Denkstein an heilger Stätte uns
den Tod:

„Im vierzehnhundertelften, seit Christus sich ließ sehn,
Sind Tages nach Palmarum zu frohem Auferstehn
Herr Bürgermeister Letzkau, Herr Hecht und Groß
verschieden;
Gott schenke sanfte Ruhe dem Leib und ihren Seelen
frieden!"

Das Bild vom „Jüngsten Gericht" in der Marienkirche.

Wenn ihr voll tiefer Andacht
Das schöne Bild beschaut,
Im Anblick des Gerichtes
Euch heilig übergraut,
Ists euch wohl werth zu hören,
Welch seltsames Geschick
Nach Danzig hergeführt
Dies wundersame Stück.

Schon sinds fünfhundert Jahre,
Da fuhr ein stolzes Schiff,
Streitbare Danz'ger tragend,
Entlang am Nordseeriff.
Zwei Tage und zwei Nächte
Hatt' ohne Ruh' und Rast
Getobet Sturm und Wogen,
Bis sie verzweifelt fast.

Noch gingen hoch gleich Bergen
Die Wogen gegen Land,
Doch heiter sah der Himmel
Auf den durchwühlten Strand,
Ja auch auf manche Trümmer
Von manchem stolzen Schiff,
Die nun verlassen trieben
Vorbei am Felsenriff.

Da seht, was da für Bretter
Hertreiben, glatt und breit!
Nun kommen sie schon näher!
Fangt auf! jetzt ist es Zeit!
Herauf damit! da staunet
Das Schiffsvolk allzumal:
Das waren nicht bloß Bretter,
Gehobelt, schwarz und kahl!

Da war in schönen Farben
Von guten Meisters Hand
Herr Christus dargestellet,
Der hoch im Himmel stand.
Der richtete und trennte
Die Schaaren aller Welt;
Links gings herab zur Hölle,
Rechts zu der Sel'gen Zelt.

In Staunen tief versunken
Steht lange Alles still,
Und keiner solche Beute
Für sich behalten will.
Da ruft der tapfre Führer,
Paul Benecke, der Held:
„Ich weiß für dieses Malwerk
Das allerbeste Feld.

Dem schönen Dom von Danzig
Soll es zur Zierde sein;
Die fromme Stadt verdienet
Solch' frommes Werk allein.“
Mit Jauchzen ruft man Beifall;
Und als nach Siegeszug
Galleyde heimgekehret,
Sie heim das Malwerk trug.

Das unter Sturmesbrausen
Beschützt von höh'rer Macht
Dort auf den Wogen herschwamm,
Die es für uns bewacht,
Bleib's uns in späte Zeiten
Ein herrlich theuer Gut
Und mög' noch manchen leiten
Zu innig frommem Muth!

Die astronomische Uhr.

„Nicht ewig brauch' ich es zu tragen,
Das ist mein einzger Trost im Leid.
Das Leben durch währt Schmerz und Klagen,
Doch dann folgt Freud' und Seligkeit.
Nur daß mich jene, die mich hassen,
In thatenloser träger Ruh
Kein Kunstgebild mehr wirken lassen,
Das preßt das arme Herz mir zu!

Gestalten ziehen wohl und Bilder
Im Geist mir Tag um Tag vorbei,
Geschnitzte Wappen, bunte Schilder,
Manch Werk mit feiner Bildnerei.
Doch thatlos ruhen meine Hände,
Seitdem sie jenes Stück vollbracht;
Noch ist mein Tagwerk nicht zu Ende,
Und schon umfängt mich dunkle Nacht!

Wie war ich stolz, als ichs geschaffen,
Ein Werk, wie keines je gesehn!
Bewundernd sah ich Rathsherrn, Pfaffen,
All Volk vor meiner Arbeit stehn!
Das war auch wohl des Staunens würdig,
Wohl mochte Danzig froh drum sein,
Daß ihm ein Mann, ob fremdgebürtig,
So hohe Kunst vollbracht zu weih'n!

Nicht nur den richt'gen Lauf der Stunden,
Wie sonst des Doms, des Hauses Uhr,
Weiß sie den Gläub'gen zu bekunden,
Ja, Sternlauf nicht und Jahrszeit nur;

Heil'ge Gestalten sieht man treten
Hervor bei jeder Stunde Schlag,
Znr Andacht mahnend und zum Beten
An jedem gottgegebnen Tag.

Kaum kann ichs selbst noch Alles nennen,
Was Kunst und Andacht dort vereint —
Statt Dank sah ich mir Haß entbrennen,
Den bittern Lohn gab mir ein Feind.
Verwünscht ihr, die ihr höchstes Streben
Verblendet nur zur Selbstsucht nutzt,
Und keinem Höheren ergeben
Auf nichts als Macht uud Reichthum trutzt!

Wohl stauntet ihr, im Schau'n befangen;
Doch Hochmuth kam gleich hinterdrein!
Ihr warts, ihr wolltet damit prangen,
Den Ruhm behalten ihr allein!
Und als ich, Andern auch zu Liebe
Die Kunst zu üben, ziehn gewollt,
Da brausten auf des Hochmuths Triebe,
Die nimmer wecken ich gesollt.

Da ließet ihr die Henker kommen —
Das war die wohlverdiente Gunst! —
Habt mit dem Augenlicht genommen
Die Lebenskraft der armen Kunst.
Dann botet ihr mir eure Gulden;
Bezahlt mit Geld der Sonne Licht!
Die Kunst bestraft ihr als Verschulden;
Zerstören könnt ihr, schaffen nicht!"

Dem Meister, der so finster grollet,
Naht sich ein Freund, auch jetzt noch treu:
„Mein Meister, wenn Ihr schaffen wollet,
So kommt jetzt Eure Zeit aufs neu'!
Eu'r Werk, durch Euern Geist beseelet,
Vermißt des Meisters kund'ge Hand;
An Eurer Kunst ihm heut es fehlet,
Die sonst Ihr nie umsonst verwandt.

Der Bürger Schaar, wie sie's bewundert,
Schaut stolz und andachtsvoll empor!
Und staunen wird noch manch Jahrhundert;
Durch Euch ragt unsre Stadt hervor!
Drum kommt, mit klugem Sinn zu finden,
Wie jeder Fehl zu tilgen sei;
Dann wird es Euern Ruhm verkünden
Und uns erbauen immer neu!"

„Da seht, ihr Klugen, die mit Gulden
Ihr zahlt des Künstlers Augenlicht!
Euch trifft Eu'r eigenes Verschulden!
Zerstören könnt ihr, schaffen nicht!
Nun will ich, Übermüthge, zeigen,
Was eines Künstlers Hand vermag;
Dann will ich endlich ruhn und schweigen;
Doch ihr gedenkt an diesen Tag."

Geleitet von des Treuen Händen
Wankt er zur Kirche, geht zur Uhr,
Steht oben, tastet aller Enden,
Um Pendel hier, dort an der Schnur.
Dort unten in dem Volksgewimmel
Hört er es summen mitleidsvoll;
Dann richtet er das Haupt zum Himmel
Und spricht voll Wehmuth noch und Groll:

„Verzeihe, Herr, mir, wenn ich fehle!
Die dort sind hoher Kunst nicht werth!
Nimm gnädig auf die arme Seele,
Die längst nach deiner Ruh' begehrt!"
Er faßt ein Rad; in wildem Schwunge
Beginnts zerstörend sich zu drehn;
An setzt er selbst zu starkem Sprunge —
Ein Schrei — und alles ist geschehn.

Sich selbst mit donnergleichem Tosen
Vernichtet nun das Kunstgebild,
Indessen ihm, dem Friedelosen,
Des Blutes letzter Strom entquillt.
Der edle Geist fand endlich Frieden;
Doch sein zerstörtes Werk, es lehrt:
Sei bessrer Lohn stets dem beschieden
Deß Geist uns seine Frucht bescheert!

Das Wappen der Zerber.

Im schönen Garten dicht am
    Thor
Sitzt mit den lieben Seinen
Ein würd'ger Bürger, doch
    davor
Ein Knecht steht, den der
    Herr erkor
Zum   Hüter   bei   den
    Schweinen.

Der Knecht, der ist in
    großer Noth,
Kein Schwein will von
    der Stelle;
Zu tief, ach! ist der arge
    Koth;
Da   hilft   kein   Drohen,
    kein Gebot,
Sie liegen an der Schwelle.

Da zieht der junge Eberhard
Mit Rittermuth den Degen.
„Oho, du widerspenst'ge Art!
Wenn ihr euch hier so frech gebahrt,
Will ich den Trotz euch legen!"

Der Junge — wer hätt' das geglaubt! —
Er haut ganz keck und munter,
Ob auch die Heerde grunzt und schnaubt,
Drei frechen Schweinen gleich das Haupt
Mit einem Mal herunter!

Den Vater, der die Kühnheit sah,
Den freut' es übermaßen:
„Ei! ei! mein Sohn! was machst du da?
Du bist ein kräftger Bursche ja;
Du läßt nicht mit dir spaßen.

Und kostet mir's auch freilich Geld,
So muß ich dich doch loben!
Zeigst du dich als ein solcher Held
Dereinst auch vor dem Feind im Feld,
Wirst du noch hoch erhoben!

Und daß in Danzig kundig sei,
Wie sich die Ferber halten,
So sei'n die Schweineköpfe drei
Mein Wappen jetzt; sie zeigen frei,
Wie wir der Wehre walten!"

Zu Ehren hoch und Würden kam
Das Wappen mit den Zeiten;
Zu Danzigs Lust, zu Feindes Gram
Sah das Geschlecht, das es sich nahm,
Man oft die Bürger leiten.

Die Zeit hob sie an hohen Ort,
Und ließ sie, ach! verschwinden.
Lang ist der alte Stamm verdorrt;
Doch heut noch wirst du fort und fort
Die „drei Schweinsköpfe" finden.

Die Zerstörung des Ordensschlosses.

„Nichts hilft mehr unser Streiten;
Die Noth drückt hart und schwer.
Winrich Kniprodes Zeiten,
Die sind schon längst nicht mehr.
Der allzustolze Ritter
Braucht' überstark die Macht;
Losbricht nun das Gewitter,
Einbricht die dunkle Nacht.

Wohl waren wir einst mächtig;
Es staunt' all deutsches Land,
Wie hier im Norden prächtig
Allein der Orden stand.
Nun ward zuviel der Feinde,
Und Zwietracht brach herein;
Die Thorheit der Gemeinde
Muß nun ihr Ende sein.

Wißt ihr, daß sechzig Schlösser
Erstürmt in einem Mond?
Am Halse steht das Messer,
Des Wolfs der Hirt nicht schont.
Laßt uns mit Ritterehren
Fortziehen aus der Stadt;
Das wird sie uns nicht wehren,
Die uns gehuldigt hat."

Pfersfelder sprachs, der alte,
Der letzte Commenthur;
Die Stimme dröhnend schallte
Wohl durch den weiten Flur.
Dann senkten sie die Brücken;
Die Kriegsschaar zog hinaus:
„Hier will's uns nicht mehr glücken,
Leb' wohl, du altes Haus!"

Die reis'gen Bürger standen
In Haufen dicht umher;
Sie hielten fest in Handen
So Morgenstern wie Speer.
Und einer kecken Muthes
Rief laut zum Comthur durch:
„Sagt an, was thun wir Gutes
Mit Eurer leeren Burg?"

Dem alten Kriegsmann zuckte
Wohl schmerzlich das Gesicht;
Den Helm er trutzig ruckte:
„Verhehlen will ichs nicht.
Ihr seid noch schwach im Fache;
Nun wohl, so merkts euch fest:
Will man den Storch vom Dache,
Zerstört man ihm das Nest."

Hohnlachend, doch mit Thränen
Kehrt' sich der Alte ab.
Dann stieg er zu den Kähnen
Mit seiner Schaar hinab.
Und als im Abendstrahle
Die Stadt schon weit zurück,
Wandt' er zum letzten Male
Zu ihr den ernsten Blick.

Da schlug die helle Lohe
Zum Himmel roth empor,
Dort, wo die Burg, die hohe,
Geragt noch kurz zuvor.
„So sinkt nun auch in Trümmer
Des Ordens Herrlichkeit.
Das Alte fällt für immer;
Es kommt die neue Zeit."

Martin Kogges Verschwörung.

Dem Verräther wird kein Segen, dem Treulosen
kein Gewinn!
Blicket auf das böse Beispiel weiland Martin Kogge's
hin!
Er, einst reich an Gold und Würden, irrt' umher von
Land zu Land,
Bis er seine Ruhe endlich tief im frühen Grabe fand.

Reich an Würden — doch stets höher strebt' er
ruhelos empor;
Reich an Gold — doch blickt' er neidisch, that es einer
ihm zuvor.
Fruchtbar auf dem schlimmen Boden keimt sie auf, die
schlimme Saat.
Das war für den Feind der Rechte; den bewegt man
zum Verrath!

„Herr, Ihr seid fürwahr viel würd'ger, Danzigs
Oberhaupt zu sein,
Als der Schelm mitsammt Genossen, der sich schlich
ins Rathhaus ein!
Sorgt nur, daß der Orden wieder über Danzig Macht
gewinnt!
Dann sollt Ihr es wohl erkennen, wer Euch treu und
wohlgesinnt!“

Nicht umsonst läßt er sich schmeicheln; zu beweisen,
was er kann,
facht er in den Mißvergnügten bald des Aufruhrs
Flammen an.
„Seht den Rath, seht seinen Meister, wie sie nur zu
eignem Nutz
Allesammt uns unterdrücken, Recht und Satzungen
zum Trutz!

Fort die übermüthgen Herren! Heut noch sei ein
End' gemacht!
Kommt zum Rathhaus! laßt uns sehen, wer da wohl
am letzten lacht!"
„Ha, der Kogge, der versteht es! auf zum Rathhaus
allsofort!
Nieder mit dem Bürgermeister! Kogge soll an seinen
Ort!"

Tobend wälzt die tolle Menge durch die Straßen
sich im Zorn.
„Ja, der Kogge, der versteht es! jetzt brauchts keinen
weitern Sporn!
Gehts so fort, wird unser Banner bald auf alter Stelle
wehn."
Also flüstern zwei Vermummte, die beiseit im Gäß-
chen stehn.

Bleich empor von ihren Sitzen fahren oben sie im
Saal:
„Aufruhr! welch gewaltger Haufe! ringsum Steine,
Keulen, Stahl!"
Einer nur steht ruh'gen Sinnes in der angsterfüllten
Schaar:
Niederhof, der Bürgermeister, fest in jeglicher Gefahr.

„Ruhig nur! macht euch der Pöbel solche Angst mit
dem Geschrei?
Wartet doch! ich will schon sorgen, daß es bald zu
Ende sei!
Freilich, mancher hier im Saale zittert wohl nicht ohne
Recht.
Wo der Anfang schlecht gewesen, wird zuletzt das Ende
schlecht.“

Ehe noch die Pforten krachen, tritt er ruhig vor
das Thor.
„Wer zu klagen hat, der klage; muthig trete er
hervor!“
Plötzlich breitet tiefe Stille sich im ganzen Haufen
aus.
„Kogge rede! Er war Führer! Nun tret’ er auch
selbst hinaus!“

Kogge, mit geheimem Bangen, tritt vor den Ge=
walt’gen hin.
Unter seinen strengen Augen wird ihm doch verzagt
zu Sinn.
Langsam fängt er an zu sprechen, erst allmählich steigt
der Muth,
Und es strömt aus seinem Munde unverständ’ger Rede
fluth.

Nur noch wen’ge rufen Beifall, als er endlich stille
schweigt;
Mehr und mehr dem altverdienten Meister sich die
Menge neigt.

„Bürger!" spricht der nun mit Würde, „glaubt mir,
alles wohlbedacht
Weiß ich wohl, was wider Manchen nicht mit Unrecht vorgebracht.

Seid gewiß, wer sich vergangen, wird erleiden, was
gebührt.
Heut verlassen sie den Rath noch, die des Unrechts
überführt.
Mir vertraut ihr allezeit wohl, daß durch mich euch
wird, was recht!
Doch mit Waffenlärm und Toben führt ihr eure Sache
schlecht."

Stille gehn sie auseinander; Kogge steht schon fast
allein.
„Fliehet!" flüstert ihm ein Freund zu, „wollt Ihr nicht
im Kerker sein."
Und er flieht erschreckt; verschwunden sind auch die
Vermummten schon;
Noch vor Nacht sind sie in Dirschau; dort auch wird
ihm Spott zum Lohn.

Der Verrath, der mißgelungen, weckt Verachtung
auch dem Feind.
„Schlauer Mann! geht ruhig weiter! mit Euch ist man
schlecht vereint!"
Heimathlos von Ort zu Orte geht des Unglücklichen
Schritt;
Reu' und nagendes Gewissen gehn von Ort zu Orte
mit.

Hier verflucht, dort fortgestoßen, ehrenlos und Goldes
baar
Schleicht er furchtsam in der Ferne, früh ergrauet ihm
das Haar.
Ferne an des Meeres Wogen ruht sein Leichnam un-
bekannt.
Furchtbar weißt du dich zu rächen, o gekränktes Vaterland!

Das Zauberhaus.

Seltsam Wirken läßt sich spüren
In dem alten hohen Haus.
Dunkle Reden hört man führen
Von unheimlich tollem Graus.
Rückwärts weichen alle Diener,
Kreuz'gen sich mit starrem Blick,
Kommt er her, der Florentiner,
Der die Todten ruft zurück.

Fein und leise macht' der Schlaue
Sich den würd'gen Herren hold,
Der im einsam stillen Baue
Oft geheim sich müht um Gold.
Bei dem Kochen, Mischen, Glühen
Stand er erst ihm rathend bei;
Wie die rothen Funken sprühen,
Spricht er dann von Zauberei.

Wie geheimnißvoll Geschäfte
Mancher Dinge Trieb bewegt
Und die unerforschten Kräfte
In Natur und Himmel regt,
Wie, wenn höh're Macht errungen,
Das Unmögliche gelingt
Und, zur Welt zurückgezwungen,
Selbst der Todte Kunde bringt.

Sehnsuchtsvoll in seinem Herzen
Fühlt der Alte sich gerührt,
Und ein Bild voll Luft und Schmerzen
Ihm Erinn'rung wiederführt.
„Allerhöchsten aller Meister
Lohn' ich dich mit Golde schwer,
Bringst du aus dem Reich der Geister
Mir die Theure wieder her!"

Jener lächelt: „Ohne Sorgen!
Leicht geschieht, was du begehrst!
Schaffe aus dem Haus nur morgen
Alles Lebende zuerst!
Nur in Einsamkeit der Weise
Tiefverborgne Kräfte rührt;
Und dir wird im Zauberkreise
Die Ersehnte hergeführt."

Als die Diener all gegangen
Auf des Herren streng Geheiß,
Hat der Zaubrer angefangen,
Zeichnet, murmelt um den Kreis.
Doch umsonst! kein Geist will kommen;
Rathlos zornig stehn sie da,
Bis den Hund sie wahrgenommen;
Der blieb gern dem Herren nah.

„Fort mit ihm!" doch auch zum zweiten
Bleibt der Sprüche Wirkung aus;
Denn mißtrau'nd den Heimlichkeiten,
Barg' ein Diener sich im Haus.
Wild ruft da der Florentiner:
„Herr, stört eins uns noch die Kunst,
Gebt mir, sei es Thier, sei's Diener,
Gebt's zu tödten mir Vergunst!"

Der versprichts, nichts anders sinnend
Als der Gattin Wiedersehn;
Da, zum dritten Mal beginnend,
Bleibt auch jetzt der Zaubrer stehn.
„Tod ihm nun, dem argen Tropfe!"
Ha, ein Schrei! da seht ihr ihn!
Todt mit abgeschlagnem Kopfe
Liegt der Diener im Kamin.

Tief erschüttert, tritt zum Kreise
Doch der Alte hoffnungsvoll,
Drin der wunderbare Weise
Ihm die Theure zeigen soll.
Tief Gemurmel, seltne Zeichen,
Laute Rufe nimmt er wahr,
Kann nicht mehr vom Platze weichen,
Um ihn wird es plötzlich klar.

Vor ihm schreiten zwei Gestalten,
Riesengroß und seltsam schön;
Wie sie ihm vorüberwallten,
Glaubt er oft sie schon gesehn.
Ja, sie sinds! der Menschheit Ahnen
Aus des Edens Gottesreich,
Die aus Bildern oft uns mahnen,
Er so stark, sie sanft und weich.

Hinter ihnen, sieh! dort gehet
Ein ehrwürdig hoher Greis.
„O mein Vater!" Aber sehet,
Welch ein Bild erscheint im Kreis?
Ja, die Gattin, die geliebte!
Doch sie schaut ihn zürnend an,
Der die Todesruhe trübte:
„Warum hast du das gethan?"

„O verzeih!" er sinket nieder,
Achtet nicht der Linien Zug.
Ha, wie plötzlich durch die Glieder
Fürchterliches Zucken schlug!
Dampf wallt auf! Der Geisterkünder,
Er ist fort! Der Rathsherr schreit:
„Wehe, weh mir armem Sünder!"
Und sinkt hin zum Tod bereit.

Wohl lebt er noch lang', in Trauer
Bracht' er trübe Tage zu,
Und der Zeiten lange Dauer
Gab dem Herzen keine Ruh'.
Endlich starb er; wüst und öde
Steht seitdem das Zauberhaus;
Wo ein Gottfeind wirkte schnöde,
Zieht der gute Geist hinaus.

Der Kehraus vom Schützenfest 1517.

Munter sich im Tanz zu schwingen,
War in Danzig stets beliebt;
Wenn die Geigen hell erklingen,
Keine schön're Lust es giebt.
Aber einstmals thät man tanzen
Einen Tanz ganz eigner Art,
Der mit Schwertern und mit Lanzen
Toll und laut vollführet ward.

Kehraus du von fünfzehnhundert=
Siebzehn, ei wie kehrtst du aus!
Mancher hat sich sehr gewundert,
Manchem ging der Athem aus.
Ritterheer stieß, wie ein Sperber
Nach der Taube, auf uns her;
Doch ihr kennt nicht Ebert Ferber,
Nicht der Danz'ger Schwert und Speer!

Tiefe Nacht — im Tanze schwingen
Sich die Paare voller Lust;
Und bei vollen Humpen klingen
Lieder aus erhobner Brust.
Aber draußen an den Thoren
Leuchten Feuerzeichen auf;
Trunkne Wächter zu durchbohren,
Steigen sie vom Fluß herauf.

Nur noch wenige Minuten,
Und verloren ist die Stadt!
Doch, ob ihre Wächter ruhten,
Einer sie gerettet hat.
Einer, den sie selbst gedungen
Heimlich zur Verrätherthat,
Eilt, von Reu' und Angst bezwungen,
Blutend stürzt er vor den Rath.

„Schnell, wollt ihr noch Danzig retten!"
Hei, wie fuhr da Alles auf!
Wie zerstoben Reih'n und Ketten!
Alles stürmt in wildem Lauf!
Aber laut mit Donnerschalle
Tönet Ferbers Stimme durch:
„Auf zum Kehraus! mit mir Alle!
Tanzen will Graf Eisenburg!"

Schnell geordnet sind die Schaaren
Von dem Feldherrn, stark und klug;
Nahe wohl sind die Gefahren,
Aber Helfer schon genug.
Eisenburg am Koggenthore,
Schomburg an der Vorstadt Wall
Merken's durch die Donnerrohre,
Wie man steht dem Überfall.

„Auf zum Kehraus!" welch ein Tanzen
Toll und wild beim Fackelschein!
Tausend Schwerter, tausend Lanzen
Dringen grimmig auf sie ein.
Und noch eh' die Sommersonne
Leuchtend über Danzig scheint,
Jubelts schon in Siegeswonne,
Und verschwunden ist der Feind.

„Solchen Kehraus", sagte Danzig,
„Der in die Gebeine fährt,
Stets mit meinen Feinden tanz' ich,
Bis sie alle weggekehrt.
Nimmermehr sollt ihr mir rauben
Meiner Ehren grünen Kranz!
Wer es wagt, der muß dran glauben,
Der entflieht vor meinem Tanz."

Die Befreiung
des Pankratius Klemme.

es reinen Wortes reine Lehre,
Wie schnell die Herzen sie erwarb!
Und ob auch froh zu Gottes Ehre
Manch Märtyrer des Glaubens
starb,
Was Gottes Werk, kann nicht ver=
gehen,
Ob List, ob Macht dawider ficht;
Das Wort sie sollen lassen stehen,
Das Feld behält die Lüge nicht.

So ward auch hier manch Herz
ergriffen,
In dir, mein Danzig, rasch und tief;
Ob Rom die Schwerter auch geschliffen,
Nach Folter und nach Feuer rief,
Vergebens war sein Grimm und Toben!
Verzehrte zehn die Feuersgluth,
Da haben hundert sich erhoben
In todesstarkem Glaubensmuth.

Da sprachen wie mit Feuerzungen
Des Herren Streiter laut und stark.
Ihr siegend Wort, wie ists gedrungen
Den Hörern bis ins tiefste Mark!
Daß man des Herren Werk nicht hemme,
Schlugs wuchtig wie mit Keulen drein!
Der Eine schon, Pankratius Klemme,
Welch mächt'ger Kämpe er allein!

Doch allzuleicht die Herrschaft lassen,
War nimmer Roms und Papstes Art;
Auf ihn, den sie am meisten hassen,
Gehn sie zuerst auch auf die Fahrt.
Und als des Papsts Legat gekommen,
Zu end'gen mit der Ketzerei,
Ruft er ihn vor, wie er vernommen,
Daß e r der Feinde schlimmster sei.

Ob auch die Freunde ängstlich mahnen:
„Laß dich nicht mit den Wölfen ein!
Sagt dir nicht schon dein eigen Ahnen,
Du kommst hinaus nicht wie hinein?"
Pankratius voll Gottvertrauen
Zagt keinen einz'gen Augenblick:
„Dem Herren, dessen Werk wir bauen,
Befehl' ich freudig mein Geschick."

Und doch, der Freunde sorglich Warnen
War, scheints, nur allzu wohlbedacht;
Denn wie ein Wild in Jägers Garnen
Sitzt er nun fest in Feindes Macht.
Und Stund' auf Stunde ist verronnen,
Seit er das schlimme Haus betrat.
„Ha!" murrts schon, „sind sie so gesonnen?
Soll sie geschehn, die Frevelthat?"

Und lauter klingts von Mund zu Munde,
In wildem Grimm entbrennt die Stadt.
„Ihn lassen wir dem Mörderschlunde,
Der schon so viel zermalmet hat?
Nein! wer sie liebt, die reine Lehre,
Und wider Lug und Frevel steht,
Der waffne sich mit scharfer Wehre
Und eile hin, eh's noch zu spät!"

Es schallt schon Lärm und Waffenklirren
Zum Saal des Bischofs laut empor,
Und aus der Stimmen wildem Schwirren
Tönt laut und lauter es hervor:
„Gebt ihn heraus, den ihr gefangen,
Dem tückisch Schlingen ihr gelegt!
Sonst wahrlich sollt ihr heut noch hangen,
Indeß vom First die Flamme schlägt!"

Und endlich, knirschend zwar vor Grimme,
Führt der Legat ihn vor das Haus,
Und laut mit zorndurchbebter Stimme
Ruft er es auf den Markt hinaus:
„So nehmt ihn hin, den Seelenwürger,
Vor dem wir schützen euch gewollt!
Doch einst, ihr übermüthgen Bürger,
Ihr tief im Staub bereuen sollt!"

Und furchtlos hat er nun gepredigt,
Geschirmt von allen und geliebt;
Und Danzig ward des Zwangs erledigt,
Der Gottes Heiligen betrübt.
Und ruhmvoll jetzt, da reine Lehre
Ihr Haupt erhebt in allem Land,
Klingt auch das Wort zu eurer Ehre,
In deren Muth sie Stütze fand!

Die Bekehrung durch die Schimmel.

Herr Rathsherr, Herr Rathsherr, wir werden's
noch sehn,
Ihr werdet noch selbst zu den Luthrischen stehn!

So mancher, der toll war auf Luther und wild,
Hat sich schon besonnen, geräumt das Gefild."

„Wie? wollt ihr mich höhnen? nun höret mich an;
Denn anders es nimmer geschehen kann:

Eh' wenige Jahre ins Land noch gehn,
Hat man schon den letzten Luthraner gesehn!

Und wollt' ihr behaupten, daß lutherisch Lehr'
An mir und in Deutschland gewinne sich Ehr',

Dann glaub' ich auch, daß unterm Dach bei mir
Meine beiden Schimmellein schauen herfür."

So geht er von dannen, und lustig er lacht:
„Nun ists ihnen endlich doch deutlich gemacht!"

Mein Rathsherr, mein Rathsherr, zu früh nicht
gelacht!
Manch sonderbar Ding kommt manchmal über Nacht!

Was steht Ihr denn plötzlich so still vor dem Haus?
Nun saget, was schaut da zum Fenster heraus?

Das sind die zwei Schimmlein; grad' unter dem Dach,
Da wiehern sie vor aus dem Bodengemach.

Mein Rathsherr, mein Rathsherr, was sagt ihr
denn nun?
Ihr wißt ja gar nichts mehr mit einmal zu thun! —

Der Rathsherr, der alte, von Schrecken erfaßt,
Stürmt endlich von dannen in dringender Hast.

Zum luthrischen Prediger eilt er geschwind,
Der machte ihn balde ganz anders gesinnt.

Und als es geschehen, da meißelt' am Haus
Die Köpfe der Schimmel ein Meister ihm aus.

Dran sieht man noch heut: wer der Wahrheit sich
wehrt,
Den hat wohl am Ende ein Schimmel bekehrt!

Verbrechen und Ende der Franziskaner.

unkel deckt die weiten Hallen;
nur am Pfeiler schlaf-
befangen
Lehnt ein Mann, der wohl
zum Beten abends spät
hierhergegangen.
Da, welch Murmeln aus
dem Kreuzgang? Paar-
weis treten sie herein,
Graue Mönche, Kerzen
tragend, mittendrin ein
Todtenschrein.

Und ein Mägdlein lieget drinnen, todt in schönster
Jugendblüthe;
Und der Mann, erwacht vom Schimmer, fühlt durch-
bohrt sich im Gemüthe.
Allzuwohl kennt er die Todte, die man dort zum
Altar trägt:
Seines Meisters Kind! im Stillen hatt' in Lieb' er sie
gehegt.

Und er lauscht gesträubten Haares. Still die Messe
am Altare
Liest der Prior; steinern stehen rings die Mönche um
die Bahre.

Endlich heben einen Stein sie aus dem Boden, breit
und schwer;
Dort versenken sie das Mägdlein, und nun sieht sie
keiner mehr!

Grau'nerfüllt zum Meister eilet jener gleich am
andern Tage,
Grau'nerfüllt eilt der zum Rathe und erhebet zorn'ge
Klage:
„Straft die Mönche, die verruchten, die mein einzig
Kind verführt,
Die mein einzig Kind gemordet! Sprecht den Thätern,
was gebührt!"

Prior Rollau, vorgerufen, sieht mit Lächeln auf die
Beiden:
„Armer Mann! verstöret ist ihm wohl sein Geist von
tiefem Leiden!
Wie könnt' uns er sonst beschuld'gen? Und der wackere
Gesell
Trank wohl Abends etwas reichlich, und sein Kopf ist
noch nicht hell.

In der Trinitatiskirche läßt man einsam Abends
keinen;
Ferner, wird dort wer begraben, muß doch ich dabei
erscheinen.
Und hat er mich dort gesehen? sag' er's mir in's Angesicht!
Nein, gesteh's, du kannsts nicht sagen! Seht ihr, sagen
kann er's nicht!"

Immer mehr verstört des Mönches freche Keckheit
den Gesellen.
Bald verwirrt er sich im Reden, kann nicht mehr die
Worte stellen.
Und es zuckt der Rath die Achseln: „Meister, daß Euch
Euer Kind
Fort ist, dau'rt uns; doch Ihr selbst seht, daß die
Mönche schuldlos sind."

Grimmig geht der Mann von hinnen; auf dem
Markt und auf den Gassen
Hört man zornig laute Reden: „Ruhig sollen wir das
lassen?!
Freut euch nicht, ihr grauen Mönche, über euern Sieg
im Rath!
Das war eure letzte Freude, eure letzte Frevelthat!

Wartet, ob euch künftig Jemand gebe eine milde
Gabe!
Wartet, ob mit Speis' und Trank euch auch der größte
Thor noch labe!
Wartet, ob noch einer annimmt des beschimpften
Ordens Kleid!
Seid ihr Sieger heut geblieben, übet Rache doch die
Zeit!"

Allzuwahr bliebs! Prior Rollau, der so schlau und
frech gesprochen,
Mußt' es selber noch erleben, wie des Klosters Macht
gebrochen.
Endlich blieb nur er noch übrig von der ganzen großen
Schaar,
Und mit ihm nur jener Frevler, der der Maid Ver-
führer war.

Kummervoll im Klostergange schritten Jahr um Jahr
die Beiden;
Endlich mocht's auch sie nicht länger in den öden
Hallen leiden;
Schenkten das Gebäu dem Rathe, baten nur um klein
Gemach.
Als sie starben, kaum ein Greis noch vom verschollnen
Kloster sprach.

Der Glöckner zu Sanct Marien.

In kräftigen Tönen durchbrauset
Die Kirche ein mächtger Choral,
Wie Sturmwind die Lüfte durchsauset
Im felsenumschlossenen Thal.
Nun endlich sind deutsch diese Klänge,
Ergreifend den innersten Sinn,
Nicht mehr unverstanden Gepränge,
Drin nichts für die Seelen Gewinn.

Doch Alle nicht freu'n sich der Töne,
Die Luther, der Gottesmann, schuf
Zu ernster, geweiheter Schöne,
Zu wahrer Verehrung Behuf:
Dort oben im Thurme dem Alten,
Dem füllen das Herz sie mit Groll!
Wie stets, wenn sie drunten erschallten,
So murmelt er ingrimmsvoll:

„Verflucht euer Singen und Beten,
Das Gott nicht gefällig sein kann!
O könnt' ich den Kopf ihm zertreten,
Dem Luther, dem schändlichen Mann!
Der Kirche, der heiligen Mutter,
Die allein alle Wahrheit enthält,
Ihr kündiget Feindschaft der Luther
Und zündet in Flammen die Welt!

Ja selbst unsre frommen Gesänge,
Sie müssen verworfen nun sein.
Und sind das wohl schönere Klänge,
Als früher im ernsten Latein?
Ich will nicht! ich will sie nicht hören!
Und laßt ihr es unten doch nicht,
Dort oben wird keiner mich stören,
Wenn dröhnend die Glocke erst spricht."

Wie stets vor den Liedern entfliehend
Steigt auf er zum höchsten Gemach;
Mit Macht an den Strängen nun ziehend
Ruft donnernde Töne er wach.
Doch vom Zorne und Ingrimm durchdrungen
Nicht achtet er drohnder Gefahr;
Da plötzlich hats schneidend geklungen —
Und tiefste Stille dann war.

Dort unten tief in der Gasse,
Da liegt er zerschmettert und stumm;
Das Antlitz, das grimmige, blasse,
Betrachten viel Leute ringsum.
„Die Glocke selbst warf ihn vom Thurme;
Sein Wüthen ihn selber nun traf.
Du kämpftest umsonst mit dem Sturme!
Gnad' Gott dir im ewigen Schlaf!"

Der bestrafte Wahrsager.

„Ihr wißt doch auch wohl noch die Zeit —
Sie ist ja noch nicht gar so weit —
Als ich und Friedrich nach Danzig kamen
Und hier bei Euch Herberge nahmen?"

„Nun freilich weiß ichs! vier, fünf Jahr
Sinds höchstens her, ja das ist wahr!
Dem Friedrich ists recht gut gelungen,
Er hat sich brav heraufgeschwungen."

„Und ich indeß, der ich mehr gekonnt?
Nein, Tüchtigkeit wird schlecht belohnt!
Wie glaubt ihr denn, thats Friedrich erlangen,
Daß er in Sammt und Seide kann prangen?"

„Nun, denk' ich, durch seinen mächt'gen Fleiß;
Geschafft hat er in seinem Schweiß.
Auch mit dem Weib, das er genommen,
Hat er wohl manch guten Gulden bekommen."

„Was Fleiß? was Weib? denkt nicht daran,
Ich wills Euch sagen, hört mich an!
Er hat im Haus einen bösen Trollen,
Der bringt durch den Schornstein ihm Gold
in Rollen."

Da sagt' ein Mann, der daneben saß:
„Sprecht nicht so laut! 's ist ein böser Spaß!
Ich kenn' das durch meine geheimen Kräfte!
's ist wahr, der Teufel hat dort Geschäfte."

„Ei, ei! was Ihr sagt! so erzählt uns doch
Was mehr von jenem Teufel noch!"
„Schwarz ist er, hat Hörner und große Klauen,
Und Augen, gar feurig anzuschauen.

Der fährt durch den Schornstein um Mitternacht;
Der hat dem Friedrich sein Gold gebracht.
Bezahlt mich, so werdet ihrs selber sehen,
So werdet ihrs durch und durch verstehen."

„Ach nein! vor'm Teufel fürcht' ich mich sehr!
Doch rückt, Herr Wahrsager, zu uns her!
Eßt mit! Hier ist Brot und Fleisch zur Genüge!
Herr Wirth! füllt noch einmal die Krüge!"

Und als er von Speise und Bier ganz voll,
Da sagt ihm der Andere, was er soll:
„Kommt mit mir zum Rath und sagts da offen,
Wie sichs mit Friedrichs Geld getroffen!

Dann wird er bestraft, man stößt ihn aus;
Dann komm' ich selbst wohl in sein Haus;
Dann lacht der Heinrich, wie Friedrich gelacht hat,
Der sich wohl kaum von mir das gedacht hat!"

Dem Zaubrer wards ängstlich bei der Geschicht',
Denn wissen that er's im mindesten nicht;
Doch Bier und Reden ersticktens Gewissen;
Das hat ihn auch nie gar sehr gebissen.

Sie kommen zum Rath, der Heinrich voran:
„Herr Rath, hier ist ein gelehrter Mann;
Der hat beim Friedrich den Teufel gesehen.
Sagt an, was soll mit Friedrich geschehen?"

O Heinrich, der Rath ist dir zu klug!
Der kannte die Art von Leuten genug.
Nach wen'gen Fragen wars ihm ohne Zweifel:
Der Mann trieb bloß sein Geschäft mit dem Teufel.

Dann sprach der Bürgermeister scharf:
„Keinen Bösen gut man nennen darf;
Doch ist es ein viel ärger Verbrechen,
Von braven Leuten so schlimm zu sprechen.

Das wisse man in Danzig hinfort!
Drum höret des Rathes Spruch und Wort:
Damit solch' Bosheit auf immer vernichtet,
Werd' dieser hier mit dem Beil gerichtet!

Er wird den Teufel nicht wieder sehn!
Und was mit dir soll, du Neidhart, geschehn,
Das wird die ehrsame Zunft schon wissen;
Fern ist sie von solchen Aergernissen."

Und ausgestoßen ward Heinrich bald;
Beim Wirth auch wurde die Esse kalt.
Und keinem hinfort ist wohl geschehen,
Der in Danzig hat wollen Teufel sehen!

Die zwölf Apostel.

Wie hast du uns schwer geplaget,
König Stephan! Gott geklaget
Sei die Noth der armen Stadt!
Eh' du zogst in unsre Mauern,
That es viele Monde dauern,
Bis wir waren völlig matt.

All die Noth und all der Jammer,
Als sein Heer mit fester Klammer
Uns umfaßt hielt und nicht ließ!
Aber da er eingekommen,
Hats noch lang' kein End' genommen,
Ob er uns auch Gnad' verhieß!

Denn es hat der Polenkönig
Gelder leider stets zu wenig;
Darum preßt er uns nun aus.
Zweimalhunderttausend Gulden
Müssen wir ihm jetzo schulden;
Wohin soll das noch hinaus?"

„Keine Angst nur derowegen!
Nimmer war um Geld verlegen
Unsre alte gute Stadt!
Sei der Pfennig auch genommen!
Da kann noch so manches kommen,
Was man im Geheimen hat!"

Und so ist es auch ergangen;
Danzig brauchet nicht zu bangen,
Denn es bleibt ihm stets genug.
Riefs nicht oftmals wild und wilder:
„Aus den Kirchen fort die Bilder!
Sie sind Götzendienst und Trug!"?

Jetzt ist's Zeit! jetzt endlich werden
Sie zu etwas nutz auf Erden;
Manche Mark giebt es dafür.
Ob die Kirchen leer von Schmuck auch,
Dafür sind wir frei vom Druck auch,
Noth steht nicht mehr vor der Thür.

Und wenn Danz'ger man gefraget:
„Wo sind die Zwölfboten saget,
Die fein silbern standen da?"
„Wurden sie denn nicht geheißen,
Weg in alle Welt zu reisen?
Nun, und also es geschah."

Der Maler des
„Jüngsten Gerichts“
im Artushofe.

Der fremde, den wir herbestellt,
Daß er in unserm großen
Saal
Im Artushof für gutes
Geld
Das große Weltgericht uns
mal',
Ein guter Maler mag er
sein,
Von Sitten aber garnicht
fein.

Denkt nur, auf unserm großen Tanz,
Der für die Rathsverwandten war,
Hat er, als paßt' das für ihn ganz,
Fräulein Marie gebeten gar,
Des Bürgermeisters Töchterlein!
Nun, solch ein Muth der ist nicht klein!"

„Mein Werther, höret gutes Wort!
Der Möller ist hoch angesehn;
Man liebt ihn an sehr hohem Ort;

Leicht möcht' es übel dem ergehn,
Der ihn mit bösen Reden kränkt,
Die nachher er zu spät bedenkt."

„Gleichviel! Er hat nun schon sein Theil!
Fräulein Marie ist unverzagt;
Das dient ihm nicht zu gutem Heil,
Was sie als Antwort ihm gesagt:
„„Herr, geht doch hin zum Handwerkshaus
Und sucht Euch dort 'ne Jungfer aus!""

Und auch Herrn Horn, wie kränkt' er den!
Auf seinem Bild ganz vorn im Feld
Muß der sich alle Tage sehn,
Als alten Geizbold dargestellt!
Nein, solchem Maler ists ganz gut,
Kühlt ihm der Rath einmal den Muth!"

Da tobt gerad' in toller Hast
Das Volk vorbei; laut hört man schrei'n:
„Den Maler haben sie gefaßt!
Den Maler! nein, das darf nicht sein!
Was alles sich der Rath erlaubt!
Wie er sich unser mächtig glaubt!

Zeigt einen, der es besser macht!
Das Wasser kann auch nicht von fern
Ihm einer reichen, trotz der Pracht,
Von all den überstolzen Herrn!
Gebt uns den Maler wieder her!
Sonst sollt ihr sehn, ihr büßt es schwer!"

Auf hohem Rathhaus unruhvoll
Sitzt der hochweise fromme Rath.
„Hört nur! die Leute sind ganz toll,
Als gings gleich um den ganzen Staat!
Wer hätte das auch wohl gedacht,
Daß sich das Volk so viel draus macht!"

Der Bürgermeister, grimm'gen Sinns,
Befiehlt dem Diener: „Nun so schafft
Ihn her! Man macht aus ihm 'nen Prinz!
So bringt ihn her aus seiner Haft!"
Bald steht er vor ihm wohlgemuth;
Der Würd'ge spricht und bebt vor Wuth:

„Herr Maler! wie Ihr Euch vergingt,
Wird Euch noch im Gewissen sein;
Doch Euer hoch Verdienst uns zwingt,
Für diesmal abzusehn von Pein.
Nur eine Strafe sei verhängt,
Damit Ihr doch an uns gedenkt.

Wo auf dem Bild zur Hölle fährt
Mit Sündern angefüllt der Kahn,
Da bringt Ihr jetzo unbeschwert
Eu'r eigen werthes Bildniß an.
Versprechts! und jetzt geht frei hinaus
Und schafft den Schwarm uns von dem Haus!"

Herr Möller neigt sich tief und geht
Und lachet draußen übermaß.
„Das ward euch schwer, daß ihr mich fleht!
Und doch verderb' ich euch den Spaß!"
Dann spricht er gut den Bürgern zu,
Und bald ist vor dem Rathhaus Ruh'.

Doch nach drei Wochen geht es los;
Der ganze Artushof erdröhnt;
Laut lachts und schreit es im Getos:
„Haha! Der hat sie gut verhöhnt!
Nun ist er manche Meile weit
Und läßt dies hier für alle Zeit!

Seht dort einmal! Im Teufelskahn,
Da steht er vorne gleich am Rand!
Doch glaubten sie ihn so zu fahn,
So haben sie ihn schlecht gekannt!
Ein Engel zieht mit sanftem Blick
Das ganze Schiff vom Pfuhl zurück!

Der Engel hat — das ist ganz klar! —
Fräulein Mariens Angesicht,
Die gegen ihn so schnippisch war!
Nun hat sie's, ändern kann sie's nicht!
Mit Kriegsmann und mit Malersmann
Bind't keiner ohne Schaden an!"

Die Strafe der Ungerechtigkeit.

„Niemand zürne mit den Mächt'gen!
Oftmals leidet Recht Gewalt!
Machet es wie die Bedächtgen,
Bleibt bei Unrecht lieber kalt!
Dem gings auch so, den sie führen
Dieser Stund' aufs Hochgericht;
Solches Spiel muß man verlieren,
Wo der Kläger Urtheil spricht."

Einen Jüngling, schön und adlig,
Führen sie in Ketten her,
Wohl an Geist und Leib untadlig —
Keine Tugend hilft ihm mehr.
Nur im Herzen hegt er grimmig
Seines Rechtes stolz Gefühl,
Und er ruft es glockenstimmig
Mitten durch das Volksgewühl:

„Arger Mann, da deine Schande
Ich zu tragen stolz verschmäht,
Treibst du Mißbrauch mit dem Stande,
Schändest Richters Majestät!
Da mir Recht nicht wird auf Erden,
Lad' ich dich vor Gottes Thron;
Dort wirst du gerichtet werden;
Bald empfängst du deinen Lohn!"

Doch es lacht der Bürgermeister:
„Schilt nur zu, du blöder Thor!
Wegen deiner Rachegeister
Schlaf' ich ruhig wie zuvor!"
Stumm geht jener drauf von hinnen;
Und das Stäbchen bricht entzwei.
Blutge Tropfen nieder rinnen;
Mit dem Jüngling ists vorbei.

Doch vergessen hat es Keiner,
Was der Unglückliche rief;
Allzuwohl behält es einer,
Deß Gewissen lange schlief.
Aber jetzt mit Dolchesspitzen
Dringts ihm durch die Seele scharf.
Davor kann die Macht nicht schützen,
Die den Frevel üben darf.

Kein Gelage bringt Vergessen,
Schlaf und Wollust keine Ruh,
Eilt er frech auch und vermessen
Täglich neuen Lüsten zu.
Grad' die Wildheit hat geschlossen
Mit der Angst den Todesbund:
Eh' zehn Tage noch verflossen,
Liegt er schon mit bleichem Mund.

Will noch beichten, will noch büßen,
Aber schon versagt die Kraft;
Fühlt den Tod schon in den Füßen;
Wild er sich noch aufwärts rafft:

„Richter, schone! o sei gnädig!
Hör' den furchtbarn Kläger nicht!"
Und der Leib, der Seele ledig,
Stumm und todt zusammenbricht.

Prunkend wird zu Grab getragen,
Der der Bürger höchster war;
Doch kein Weinen tönt und Klagen
Aus der ganzen finstern Schaar.
Einer murmelt nur: „Zu mächtig
Ist das Recht doch der Gewalt!
Schmückt die Sünde auch sich prächtig,
Stürzt vom Thron sie dennoch bald!"

Die Birgittenglocke in der Johanniskirche.

ie grünets und blühets in Sommer-
pracht!
Leuchtkäfer durchschwirren die
warme Nacht.

Die Zeit ists, wo Tag fast dem
Tage sich eint,
Verloren die Macht der Finster-
niß scheint.

Denn morgen, da ist Sanct Johannis Tag,
Des die ganze Schöpfung sich freuen mag!

Ja, morgen, da ist Sanct Johannis Tag,
Vor dem gar mancher sich hüten mag!

Dort drinnen ists hell noch im hohen Haus,
Nur eben ging erst ein Arzt hinaus.

Im Zimmer, bei mattem Ampellicht,
Sitzt Einer mit kummergefurchtem Gesicht.

Viel mühvolle Jahre, sie machten ihn reich;
Wohl thun es nur wen'ge dem Alten da gleich.

Doch Silber und Gold, ach! sie helfen ihm nichts
Zu hindern das Löschen des trautesten Lichts.

Sein Töchterlein, ach, seine einzige Lust —
Dort liegt sie! Nur leise noch hebt sich die Brust.

Es wachet der Vater die kurze Nacht;
Er hält seinem Glücke die Todtenwacht.

Schon hellt sichs im Osten; aus Nebelflor
Steigt siegend die leuchtende Sonne hervor.

Doch drinnen das Lichtlein wird trüber und trüb,
Bis nichts von dem freundlichen Glanze mehr blieb.

Hell scheinet die Sonne zum Fenster herein;
Da löschet auf immer sein traulicher Schein.

„Nun schlafe, mein Töchterchen, schlafe in Ruh!"
Des Vaters Hand drückt die Augen ihr zu.

„Nun bist du mit Engeln dort oben vereint,
Indeß noch dein Vater hier unten weint.

Und tragen muß ich auch dieses Leid;
Doch nicht allzu lange mehr währet die Zeit.

Nicht lange mehr bleiben wir beide getrennt;
Bald seh'n wir uns, wo man den Kummer nicht
kennt.

Doch soll dein Gedächtniß verschwunden nicht sein;
Im Glockenton leb' es, mein Töchterlein!"

Wohl ging seit dem Tage gar lang', lange Zeit,
Doch lebt das Gedächtniß des Mägdleins noch heut.

Zur Stunde, da einst sie von hinnen schied,
Tönt täglich noch heute der Glocke Lied.

Vom Thurm Sanct Johannis, da klinget noch heut
Die Trauer des Vaters im Glockengeläut.

Das Hospital von Sanct Elisabeth und die Karmeliter.

„Noch immer nicht ganz ist vertrieben
Die mönchische Tagdieberei!
Noch sind allzuviele geblieben,
Die schaden uns immer aufs neu'.

Da seht nun die Weißkutten wieder!
Sie kennen doch längst das Verbot,
Das solcherlei Aufzug und Lieder
Mit ernstlicher Buße bedroht!

Doch was wissen die von Gesetzen!
Solange sie fühlen die Faust,
So lange verziehn sie mit Hetzen,
Weil vor der Gewalt ihnen graust.

Doch läßt man sie wieder gewähren,
Ists gleich doch die alte Geschicht'!
Nun wollen wir aber sie's lehren!
Noch einmal vergessen sie's nicht!"

So sprach manch einer im Haufen
Bei der Weißmönche Procession;
Ganz hinten ging's schon an's Raufen,
An's Stoßen und Prügeln schon.

Bald entsank auch den Keckſten der Weißen
Der mönchiſche Übermuth ganz;
Ein Toben, ein Schreien, ein Reißen!
Kaum ſchonen ſie noch die Monſtranz!

An Zug nicht zu denken mehr! fliehen,
Entkommen iſt einzig ihr Sinn!
Sie ſtreben mit ängſtlichem Mühen
Zum nächſten Spitale ſchnell hin.

O weh, das ſind Proteſtanten!
Ja wohl, aber chriſtlich geſinnt!
Die Verfolgten, wie wohl ſie ſie kannten,
Sie nehmen ſie zu ſich geſchwind.

Es ſchweigt vor dem heiligen Hauſe
Ehrfürchtigen Volkes Geſchrei;
Geſtillt iſt das tolle Gebrauſe
Und alle Gefahren vorbei.

Doch nicht, wie's bei andern ergangen,
Entſchwand mit der Noth auch der Dank;
Es mußte ſie ſelbſt wohl verlangen,
Aus beſſerem Herzensdrang.

„Viel können wir," ſprachen ſie, „nimmer
Euch geben zum würdigen Lohn,
Doch beten wollen wir immer
Für euch zu dem himmliſchen Thron.

Zu Ohren soll es euch bringen
Unser Glöcklein mit summendem Lied;
Das soll allezeit nun erklingen,
Wenn Einer der Euern verschied.

Daß sie den Himmel ererben,
Wir beten's und läuten mit euch.
Gott nehme uns all', wenn wir sterben,
Zusammen in's himmlische Reich!"

Herrn Hevelke's Papagei.

er saß bei Hevelke's im Erker
In einem schönen goldnen Kerker?
Wer spreizte die bunten Federn so
Und schrie im Zorn: Koko, Joko!?
Das war ein feiner Papagei;
Den liebte Herr Hevelke für zwei;
Fürs erste, wegen seiner Gaben,
Fürs zweite, weil er schwer zu haben,
Denn von Guinea's fernem Strand
Hatt' ihn ein guter Freund gesandt.
Er war auch wirklich gar zu klug;
Für einen Rathsherrn war's genug!
So schön: Papa! Mama! zu sagen
Und: Armer Joko! laut zu klagen!
Und: Spitzbub! und dergleichen mehr!
Doch eins gefiel dem Herren sehr:
Er war stets Samstags bei der Löhnung,
Und merkt' an den Leuten die Gewöhnung,
Empfahlen sie sich, sagten sie:
„Herr Hevelke, nu gahne wi!"

5*

Das konnte Joko auch gar bald;
Und stets aus seinem Schnabel schallt,
Wenn's dunkel wird — das kluge Vieh! —:
„Herr Hevelke, nu gahne wi!"
Doch einmal bei hellem Sonnenschein,
Es konnt' noch lang' nicht Samstag sein,
Da hört man laut und ängstlich rufen
Die Worte von den Treppenstufen;
Herr Hevelke stürzt eilig hin,
Denn ängstlich ward ihm gleich zu Sinn;
Da sieht er noch den Kater springen,
Und einmal hört' er's noch erklingen;
Aus Murrners Maul noch Joko schrie:
„Herr Hevelke, nu gahne wi!"

Der Perrückenraub.

In dem Dom im Rathsgestühle
Sitzen würd'ger Männer viele;

Doch vor Allen zweie würdig;
Einer scheint gar hochgebürtig,

Kaiser aller Reußen heißt er;
Doch der Andre Bürgermeister.

Doch, wenn kalte Winde wehen,
Friert's selbst auf der Menschheit Höhen.

Rußlands Bildung, voller Lücken,
Kennt auch leider nicht Perrücken.

Bitten ist beim Czar nicht Mode;
Herrscher machen sichs kommode.

Sieh! des Stadthaupts hohe Locken
Neigen sich beim Schall der Glocken;

Und von Stadthaupts hohem Haupt,
Ach! der Czar die Locken raubt.

Sitzt dann warm im Schutz der Locken,
Bis zum Schlusse läuten Glocken.

Und das höchste Haupt der Stadt
Sitzt vor Frost und Ärger matt;

Und es leuchtet ein ihm klärlich:
„Hohe Nachbarn sind gefährlich!

Keinen Menschen scheu'n sie, heißt er
Selbst sogar der Bürgermeister!"

Das „Russische Grab“.

Es stürmen die wüthenden Horden,
Es donnert im graufen Getos,
Ein endlos fürchterlich Morden
Gleich tausend Gewittern bricht los.
Zum Hagelsberg dringt mit Geheule
Der ruffische Sturmhauf hinan,
Zu brechen die furchtbare Säule,
Zu fah'n den verlorenen Mann.

Dir, Stanislas, gilt es, der Polen
Entfliehendem König, allein;
Das Feuer verfank in die Kohlen,
Deines Reichs blieb kein einziger Stein.
Dich fchützt vor der Kaiferin Wüthen
Nur Danzig als treuer Vafall;
Voll Muth fie den König behüten,
Sonft ließen im Stich fie ihn all.

Wer weiß auch, wie bald schon die Treuen
Erliegen dem tobenden Sturm!
Denn täglich die Feinde erneuen
Den Anlauf zum Wall und zum Thurm.
Doch nie fo gewaltig wie heute
Andrängte der riefige Hauf;
Schon woget die wüthende Meute
Ganz nahe zum Berge hinauf.

Doch muth'ger noch bieten von oben
Die streitbaren Danziger Trutz:
„Ihn reißt ihr mit Stürmen und Toben
Doch nimmer aus unserem Schutz!"
Es krachet und blitzet und wettert
Von oben und unten voll Wuth,
Viel hunderte sinken zerschmettert,
Schon wogts auf dem Boden von Blut.

„Den Hagelsberg wird uns entreißen
Kein Russe, Baschkir und Kalmück!
Hier saß schon der Herrscher der Preußen,
Hier sitzt unser altfestes Glück!"
Es donnern und blitzen die Rohre
Von hüben und drüben mit Macht,
Im Pulverrauch schwinden die Thore,
Die Sonne verhüllt sich in Nacht.

Nicht eh'r, als die Sterne erfunkeln,
Verstummet des Kampfes Getos;
Die Russen verschwinden im Dunkeln,
Da lassen die Danziger los.
Und als in Langfuhr sie sich zählen,
Da sehn sie gar finster darein;
Denn Tausende sind es, die fehlen,
Und Wunde wie viel obendrein!

Am anderen Tage sie baten
Um Stillstand und zogen hinab,
Sie wühlten mit Schaufeln und Spaten
Ein schrecklich geräumiges Grab.
Sie deckten mit Erde und Rasen
Die Opfer der fruchtlosen Wuth;
Ein dumpfes Trommeln und Blasen —
Dann rückwärts mit traurigem Muth! —

Wohl zogen sie spät in die Mauern
Der unüberwundenen Stadt;
Doch längst schon entwich draus mit Trauern
Der König, des Widerstands matt.
Und was hier die Russen erworben?
Schau dorthin vom Berge hinab!
Für Tausende, die hier gestorben,
Nichts mehr als das „russische Grab".

Die letzte Danziger Verschwörung. 1797.

Das waren Studenten neune
Zu Danzig, der würdigen Stadt;
Die riefen in edlem Vereine:
„Nun haben wirs endlich satt!
Wir wollen dich, Danzig, erretten,
Dir bringen der Freiheit Licht,
Zersprengen die Sklavenketten,
Magst wollen du oder auch nicht!"

O König von Preußen, nun wahre
Das kaum erst gewonnene Land!
Neun Knaben in lockigem Haare,
Sie reißen es dir aus der Hand!
Es drohet mit seinen Genossen
Bartholdi, der grimmige Mann,
Im Zimmer ganz heimlich verschlossen
Da fängt er Tyrannenmord an.

Schon hat er Kokarden und Fahnen,
Schon hat er geschrieben die Schrift,
Zum Kampfe die Bürger zu mahnen,
Wo irgend nur Feinde man trifft.
Pistolen hat er schon dreie,
Und Säbel schon ebensoviel,
Und Flinten zum Schießen schon zweie —
Nun ist er nicht weit mehr vom Ziel!

Nun wird er die Wache erstürmen
Mit seiner todmuthigen Schaar;
Die Wache, die kann sich nicht schirmen,
Sie reicht ihre Waffen ihm dar.
Dann rufen am Kohlenmarkte
Die Freiheit von Danzig sie aus;
Die Stadt, die nun endlich erstarkte,
Sie trägt ihn im Jubel nach Haus! —

Doch wozu, ach! mußtest du werben
Sackträger zur Revolution?
Die dienen ihr stets zum Verderben
Und stützen den wankenden Thron.
Erfahren hat, ach! das Geheimniß
Geheim schon die Stadtpolizei;
Her eilen dort ohne Versäumniß
Tyrannenknechte schon zwei.

Und einer, zum Tode entschlossen,
Der dringt dir, Bartholdi, in's Haus!
Und ob du auch auf ihn geschossen,
Da macht er sich garnichts daraus.
Soldknechte dringen in Haufen
Zum Verschwörungszimmer hinein;
Und ist auch der Held selbst entlaufen,
So packen die Andern sie ein.

O Danzig, nichts wirds mit Befreien!
Bartholdi verkroch sich aufs Dach.
Und ob auch die Söldner sich scheuen,
Der Hunger, der kommt ihm doch nach!
Der Hunger, der macht ihn zu schanden!
Er bittet die Nachbarn um Brot —
Da legt man in Fesseln und Banden
Den Helden und droht ihm den Tod!

Er steht wie der treue Tyroler
Dort oben schon auf der Bastei;
Ein Ruf schon, ein fürchterlich hohler,
Ruft: Eins! und das grausige: Zwei!
Doch ehe das: Drei! noch erklungen,
Da ließ Einer schon den Pardon;
Er hat statt des Tods sich errungen
Nur einige Jahre Prison.

Da fand er die Andern auch wieder;
Und dort in der Weltferne schwor
Die Schaar der muthigen Brüder
Zum grausamen Himmel empor:
„Nein, lohnet man so hier die Helden,
Dann sind wir des Heldenthums satt!
Doch wird die Geschichte noch melden
Von der beinah geretteten Stadt!“

Der Speicherbrand
von 1813.

ahrlich, das heißt schwere Bürde,
die dich drückt, du arme
Stadt,
Die den besten Freund zum
Feinde und den Feind zum
Schützer hat!
Lange Monde trägst du seuf=
zend schon die allzuharte
Last,
Schwerer wird sie stets und
schwerer, und verzweifeln
willst du fast!

Fest und fester schnürt der Ring sich, den dir Preuß'
und Russe ziehn,
Eisern drücket drin der Franke, nirgend giebt es ein
Entfliehn.
Nichts als Feinde hast du, Danzig! Doch der Feinde
schlimmster soll
Dich noch grimmig überfallen, bis das Maß der Leiden
voll.

Allzulang' währts den Belagrern, allzu fest hält Wall
und Thurm! —
Wahrlich nicht zum Schutz für Franken aufgebaut vor
Feindes Sturm! —

Und ein schreckenvolles Ende gilts zu schaffen langen
  Mühn:
Donnernd schlagen die Granaten, hoch empor die
  Flammen sprühn!

Dach und Mauer stürzt in Trümmer, Haus auf Haus
  loht auf in Gluth,
Weichen müssen die Vertheidger, und schon sinkt der
  Übermuth;
Aber unter allen Leiden steigt der Bürger Hoffnung
  auf:
„Nun kann er's nicht lang mehr treiben, und sein
  Schicksal nimmt den Lauf!"

Ausgestorben sind die Straßen, ausgestorben Haus
  bei Haus;
Nur im Keller tief verborgen giebt es Schutz vor
  Kugelsaus.
Und so mancher, der sich dennoch ängstlich vor die
  Thüre wagt,
Kehrt nur noch als Leiche wieder, die man thränenlos
  beklagt.

Ein Trost bleibt in Sturm und Nöthen: wo die
  Mottlau zweigetheilt
Hochgefüllte Speicher einschließt, man selbst heute sicher
  weilt.
Weite fluthbedeckte Strecken lassen dort den Feind nicht
  nahn,
Und für seine gier'gen Kugeln ist zu weit die Todes-
  bahn.

Dort darum ist gut geborgen, was uns schützt vor
Hungersnoth,
Dort allein dem reichen Gute frührer Zeit kein Schaden
droht.
Dort könnt ihr des Feindes spotten mitten im Gra=
natensturm! —
Aber horch! was ruft die Glocke dort so ängstlich von
dem Thurm!

Danzig, Danzig, jetzt verhülle dein verzweiflungs=
schweres Haupt!
Dort flammt es empor, wo Niemand für die Flamme
Weg geglaubt!
Mitten schlngs in deine Speicher, und des Flusses
Spiegel malt
Glühendroth die Flamme wieder, die hier hoch zum
Himmel strahlt!

Rettet! löschet! Und die Feinde? ist die Stadt nur
hier bedroht?
Während hier sich Helfer mühen, wüthet drüben Brand
und Tod!
Löschen dürres Holz, Getreide, Öl, Papier und Per=
gament?
Ja, versuchts! doch wen kann's wundern, wenn der
Retter mit verbrennt?

Weiter, immer weiter wüthet fessellos die wilde
Gluth!
Wen'ge nur, den Tod verachtend, trotzen noch der
grausen Wuth.

Drüben aber an den Ufern steht die Menge jammer-
          starr,
Schaut, wie ganz in Schutt versinket, was noch Trost
          und Hoffnung war.

Mancher, der als Reicher hintrat, nach dem Brand
          zu sehn hinaus,
Wankt, des letzten Guts beraubet, nun als Bettler in
          sein Haus.
Und die Armen, hungerwüthig, stürzen in's Gewässer
          noch,
Aufzufischen, was hineinfiel; vor Verhungern schützt
          es doch!

Endlich, nach drei langen Tagen, sinkt in Asche letzte
          Gluth;
Doch erloschen mit den Flammen ist der Unglücklichen
          Muth.
Drüben fahren die Granaten immer noch zerschmetternd
          her;
Doch, wieviel sie auch vernichten, ach! der Hunger
          würgt noch mehr.

Noch vier volle Wochen ringen sie hier den Ver-
          zweiflungskampf,
Noch vier Wochen birgt die Sonne düster sich im
          Pulverdampf;
Dann verzweifelt selbst der Franke; als Held Blücher
          über'n Rhein
Zog nach Frankreich, da ließ Danzig endlich seine
          Freunde ein.

Wildzerstörte Häusermassen, arme Bürger fand man
drin;
Doch von neuem Muth erwachet der befreiten Männer
Sinn.
Jahre hats wohl viel gewähret, bis die Spur der Leiden
schwand;
Doch nun glänzst du, Danzig, wieder, Schmuck und
Zier dem Vaterland!

Das Danziger Gymnasium.

Das waren die Franziskaner, die lange hier ge=
wohnt;
Der Sturm, der von Wittenberg kam, hat sie auch nicht
verschont;
Als zweie nur noch übrig von all der grauen Schaar,
Da brachten sie das Kloster der Stadt doch noch als
Stiftung dar.

Dreihundertdreißig Jahr sinds, da ward das Haus
geweiht
Der Wissenschaft zur Warte, zur Leuchte seiner Zeit;
Seit jenen grauen Jahren bis auf die Fremdherrschaft,
Gymnasium von Danzig, wie pflegtest du die Geistes-
kraft!

Wie bautest du das Wissen gleich Wall und Mauern
fest!
Wie warst in trüber Zeit du der Hoffnung letzter Rest!
Befestigt und erhoben, begeistert und belebt,
Wie kam aus dir so mancher, des Namen heut man
hoch erhebt!

Wie glänzen viele Lichter, die durch dich hell gemacht!
Doch löschte auch dein Leuchten die allgemeine Nacht.
Als hier Franzosen trieben den fränk'schen Übermuth,
Konnt', ach! nicht mehr bestehen, was alt und edel,
deutsch und gut.

Doch allzulang' nicht währte für dich der Trauer
Zeit;
Aufs neu' nach wenig Jahren ward dir ein Haus
geweiht.
Dort im gewalt'gen Schatten des Domes hieltst du
Haus;
Wie viele auch von dort her sandtst du zum Segen
weit hinaus!

Zu enge ward die Wohnung für allzustarke Kraft
Da richteten sie würdig das Haus der Wissenschaft;
Und höh'r und höher stiegen die Mauern schon empor
Und endlich zogst du herrlich hinein durch festgeschmücktes
Thor.

Schon fünfzig Jahre sinds nun; doch jeden Tag
aufs neu'
Ging Licht und neues Leben aus deinem Prachtgebäu;
Wie wirkten sie so treulich am jungen Menschengeist,
Sie alle, deren Namen bis an den Tod so mancher preist!

Wie schufen sie den Seelen so herrlichen Gewinn!
O wär' euch jeder dankbar, wie ich es allzeit bin!
Wenn Lebenslast und Kummer das Herz nicht nieder=
drückt,
Seid ihr darum zu preisen, die ihr gestärkt uns und
beglückt.

O blüh' in späte Zeiten, du vielgeliebtes Haus!
Laß hell dein Licht erstrahlen in Stadt und Land
hinaus!
Gestützt von treuen Lehrern, belohnt mit reichem Dank,
Gedeihe, blühe, wachse durch die Jahrhunderte entlang!

Der Durchbruch bei Neufähr.

(1. Februar 1840).

Nach Norden drängt des Stromes Welle;
Da thürmen Berge sich ihr auf;
Sie zwingen westwärts hin die schnelle,
Vom Meere ab im letzten Lauf;
Ja, westwärts! wo die Stadt sie grüßet,
Die mächtig durch sie ward und reich,
Doch allzuoft den Segen büßet,
Stürmt an der Strom, Meerwogen gleich.

In manchem Winter, manchem Lenze
Durchfuhr der Schiffer Straß' und Thor;
Verschwunden war des Erdreichs Grenze;
Tief fluthets, wo du standst zuvor.
Wie oft voll Angst in jenen Jahren
Begrüßten sie des Frühlings Nahn!
Sonst bracht' er Segen, hier Gefahren,
Und Trümmer deckten seine Bahn.

Unwillig aber auch die Wogen
Ertrugen jenen harten Zwang.
„Sind darum wir so weit gezogen
Durch Berg und Wald und Feld entlang?

Soll uns der Weg versperrt hier bleiben
So kurz nur vor der Meeresrast?“
So murmeln sie im ems'gen Treiben
Und wühlen Jahr um Jahr mit Hast.

Nicht sah's der Mensch, der auf der Scholle
Unachtsam ihrer Tiefen klebt,
Und dennoch stets, der blöde Tolle!
Im Wahn, sie zu beherrschen, lebt.
Nicht sahs der Mensch, doch weit und weiter
Brach sichs schon Bahn im Dünensand;
Die oben wohnten ruhig heiter,
Als hohl schon längst ihr Örtchen stand.

Da endlich wars genug gewühlet;
Ein letzter Stoß — und frei die Bahn!
Was manch Jahrhundert unterspület,
Jetzt hälts nicht mehr beim Sturmesnahn.
Noch Winter war's, doch ries'ge Schollen
Und wilder Schwall stürmt lange schon.
Hört ihr, wie sie dumpftosend rollen?
Und jetzt, welch donnerlauter Ton?

Dort bei Neufähr versinkt in Fluthen
So Berg wie Dorf weit hin und breit,
In Fluthen, die nicht eher ruhten,
Bis ihren Sieg erfüllt die Zeit.
Ihr Menschen, weicht! des Stromes Welle
Nimmt unaufhaltsam ihren Lauf,
Und nichts hält mehr die ewig schnelle
Im längsterstrebten Pfade auf.

So ward der Strom, der ſchon ſo lange
Dich, Danzig, groß und reich gemacht,
Dein Retter ſelbſt im Wogendrange
In jener ſturmdurchtobten Nacht.
Nun fürchteſt nimmer du die Wellen,
Die ehmals dich ſo oft bedroht;
Auch ſie gehorchen dem, die ſchnellen,
Der uns beſchützt in jeder Noth!

Danzig während des Krieges 1870/71.

Was für seltsame Gestalten
Gehn mit Fäusten, mit geballten,
Aber wehrlos, durch die Stadt?
Die mit rothen Pluderhosen,
Sind das etwa die Franzosen,
Die man so gefürchtet hat?

Vor der Pfarrkirch' hohen Mauern
Mit Verwundrung und mit Schauern
Seh' ich Volk von seltner Art.
Grau' und schwärzliche Gesichter!
Sind die das Curkosgelichter,
Das mit Grau'n verkündet ward?

Ja, sie sinds! Man thät sie fassen,
Und durch unsers Danzigs Gassen
Bummeln sie nun träg' einher.
Ja, die Zeiten sind gewesen,
Als ihr hier triebt euer Wesen
Und uns drücktet hart und schwer!

Jetzt hat man euch selbst beim Wickel,
Und dem streitsücht'gen Karnickel
Biß der Hund die Gurgel ab.
Könntst du, der vom Völkerwürger
Hier gesetzt ob Stadt und Bürger,
Heut hierherschau'n, Gen'ral Rapp!

Was stellt man in unserm Zeughaus
Für ein sonderbares Zeug aus,
Das beinah' Drehorgeln gleicht?

Wie? sind das die garstgen bösen,
Die furchtbaren Mitrailleusen?
Haben sie das End' erreicht? —

Hört ihrs von dem Thurme blasen?
Welch ein Jubeln, Jauchzen, Rasen?
Warum donnerts hoch vom Wall?
Hoch! Victoria! hört mans klingen,
Und die Wacht am Rheine singen
Danzigs Kinder allzumal!

Dir, ja dir gilts, einst so brausend,
Den man heut mit achtzigtausend
Fing im Kessel von Sedan!
Von dem Ohm, vor dem wir sanken,
Hast du nicht die Siegsgedanken,
Lerntest du nicht den Elan?

Horcht! bei schönem Frühlingswetter
Hört ihr fröhliches Geschmetter?
Seht die langen Reihen ziehn?
Danzigs Söhnen, sieggekrönet,
Friedenswillkommgruß ertönet,
Und die Kriegeswolken fliehn.

Danzig, wie bist du gestiegen!
Preußen zogen aus zum Siegen,
Deutsche kehren dir zurück!
Zier des Landes warst du ehe;
Jetzt als Zier des Reiches stehe
Prächtig da im neuren Glück!

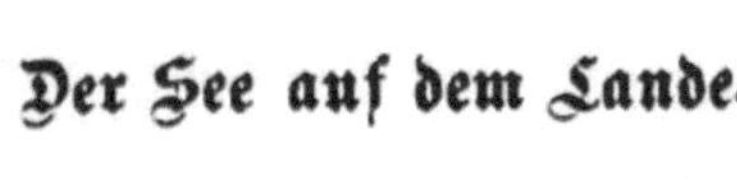

Der See auf dem Lande.

as seh' ich? sagt mir dieses an!
   Kaum glaub' ich, daß ich recht
      sehn kann,
   Denn keiner wird mirs glau=
      ben!
   Vom Rathhaus bis zum
      Grünenthor,
Da schwimmt ein muntrer Entenchor!
Wie kann man das erlanben!

   Es wogt die Fluth hier weit und breit,
   Als wär's des Eisgangs schlimmste Zeit,
   Und warm scheint doch die Sonne.
Obstweiber schwimmen schon beinah,
Und grad' verm Artushofe da
Schwimmt eine große Tonne.

   Kann das im preuß'schen Staat geschehn,
Dann wird man bald noch andres sehn,
Mich nimmts gewiß nicht Wunder,
Wenn auf der Börs' ein Löwe brüllt,
Sackträger sprechen sanft und mild,
Die Mottlan brennt wie Zunder.

Das alles glaubt mir auch kein Mensch,
Und wär' er selber engelländ'sch,
Wollt' ich es auch beschwören.
Doch sag' ich, daß ein Entrich stramm
Von Steffens bis Aporta schwamm,
Will das auch keiner hören.

Stadt Danzig, rette deinen Sohn
Vor der ungläub'gen Leute Hohn!
Du kannsts mir ja bezeugen!
Thust du das, thu' ich auch dir was,
Und will in künft'ger Zeit den Spaß
Tief wie das Grab verschweigen!

Die Kaiserbegegnung (10. September 1881).

Welch Jubel erschallet auf all deinen Straßen?
Was schlagen die Herzen so freudig und laut?
Was wogen des Volkes unzählige Massen?
Was schmückst du dich, Danzig, gleichwie eine Braut?
Ja, er ists, der endlich nach langer Zerstreuung
Alldeutschland mit Kraft und mit Milde vereint,
Der herrliche Greis, der nach Deutschlands Ernennung
Der mächtigste Hüter des Friedens erscheint!

O seht ihn, den Kaiser, wie würdig und milde
Er blickt auf die jubelnde Schaar der Getreu'n!
Seht, wie an des Sohnes hochherrlichem Bilde
Die liebenden Augen des Volks sich erfreu'n!
Seht dort den Gewalt'gen, der mächtig der Zeiten,
Des Volkes Begehren zur Fülle gebracht!
Seht ihn, der im Stillen den Fall zu bereiten,
Dem Feind unentrinnbar Verderben erdacht!

Sie alle, die hohen, die Lenker der Schlachten,
Die Lenker im Frieden, wer mißt ihre Zahl!
O was auch die Zeiten, mein Danzig, dir brachten,
So herrliches brachte kein früheres Mal!
So glänzend ist nie dir erschienen dein Orden,
So machtvoll der König der Polen doch nie!
O freue dich Preußens, deß Theil du geworden,
O beuge voll Stolz vor den Zollern das Knie!

Und weißt du auch, wem sie zu Liebe erschienen?
Wie hier sie nun legen des Weltfriedens Grund?
Dort wars, hinter Hela's weißsandigen Dünen,
Auf blauenden Wogen, da that es sich kund.
Es rauschten die Wogen stets leiser und leiser,
Es sauste gemach nur der spielende Wind;
Da tauschten die Worte des Friedens die Kaiser,
Da drückten die Hand sie sich froh und gelind.

Und wieder sie kamen zu dir her gefahren;
Da rauschte, o Danzig, die Fülle der Macht!
Zwei Kaiser durchfuhren die jubelnden Schaaren,
Zwei Kaisern ward jauchzender Hochruf gebracht!
Und ob auch, o Gast, die im Finsteren schleichen,
Daheim dir oft tückisch Verderben gedroht,
Nichts fürchte in Danzig, in deutschen Bereichen,
Als Gast unsers Wilhelm, o fürcht' keine Noth!

Wie glänzet das Mahl, wo die Höchsten der Erde
In Frieden vereinet zu freundlichem Gruß!
O bleib' es so immer! auf immerdar werde
Dem alten verderblichen Grolle ein Schluß!
O Danzig, ihn schreibe mit leuchtenden Zeichen,
Den Tag in das Buch der Geschichte dir ein,
Da du dich zum Frieden den mächtigen Reichen,
Zur Stätte gedurft der Versöhnung dich weihn!

Kaiser Friedrich und Danzigs Marienkirche.
1850. 1879. 1888.

In des Domes Feierhallen
Steht ein Jüngling, licht
und hold;
Auf dem edeln Haupte wallen
Locken hell wie leuchtend
Gold;
Ernst die blauen Augen
schauen
Andachtsvoll durchs Gottes-
haus;
Unter hochgeschwung'nen
Brauen
Schweifen tränmend sie hin-
aus.

Ja, mit Recht in ihm erkennet,
Wer ihn sieht, den Königssohn!
Ihn, Luisens Enkel, nennet
Sein dereinst der Preußen Thron.
Jeder Blick ihn stolz bewundert,
Stolz es durch die Herzen zieht:
O gesegnetes Jahrhundert,
Das dich einst als König sieht! —

Wieder an dem Hochaltare
Steht der Fürst, zum Mann gereift,
Und sein Aug', das leuchtend klare,
Wieder durch die Hallen schweift.
Doch nicht Träumen nur und Hoffen
Draus wie einst voll Ahnung blickt;
Denn er sieht sein Land nun offen
Neu mit alter Macht geschmückt.

Er, der Held ists, der die Schaaren
Frecher Feinde furchtbar schlug,
Der in Stürmen und Gefahren
Hoch die deutsche Fahne trug;
Er, dem Nord und Süd die gleiche
Tiefherzinn'ge Liebe weiht;
Mächtig Bild vom stolzen Reiche,
Herrlich Bild der schönen Zeit! —

In des Domes Feierhallen
Steht die Menge, seltsam still,
Dumpfe Glockentöne schallen;
Manch' ein Aug' sich feuchten will.
Schwarze Kleider Alle tragen,
Schwarz verhängt steht der Altar;
Und ein herzerschütternd Klagen
Tönt ob der gebeugten Schaar:

„Sanft nach schwerem Leid zum Frieden
Ging der theure Herrscher ein.

Kaiser Friedrich, auch geschieden
Mögst uns Trost und Vorbild sein.
Dein Bild uns vor Augen rage,
Held in Krieg wie Leidensnoth!
Unser Herrscher wenig Tage,
Unsre Liebe bis zum Tod!"

Anhang.

Aus Danzigs Umgegend.

om Zoppoter Schloß-
berg.

Es rauscht von sanften
Winden
Im Frühlingsglanz das
Meer,
Es grünen schon die Linden,
Froh webts und lebts
umher;
Da geht am hellen Strande
Entlang ein junges Paar,
Das längst durch Herzens-
bande
Schon treu verbunden war.

„O Liebster, laß das Trauern!
Ich bleib' ja stets dir treu,
Ob auch in Schlosses Mauern
Mein Vater König sei!
Die Wogen anders rollen,
Wenn anders treibt der Wind;
Er wird nicht ewig grollen,
Er liebt ja doch sein Kind."

O weh! bei dem Geflüster
Der Liebenden am Strand
Versteckt im Waldesdüster
Nicht fern ein Lauscher stand.
Von dem vernimmts der Grimme,
Der Herr auf Zoppots Schloß.
„Ha!" ruft mit Donnerstimme
Der König, „her mein Roß!"

Er sprengt zum Meeresstrande
Herab in wilder Wuth,
Zu sühnen solche Schande,
Zu löschen sie mit Blut.
Kaum hat er sie gesehen,
Da bricht er wüthend los.
Des Frühlings mildes Wehen
Verstummt ob dem Getos.

„Du wagst dich, frecher Bauer,
An meinen Thron heran?
Nun so erfahr' mit Schauer,
Ob ich noch zücht'gen kann!"

Er wirft mit wucht'gem Schwunge
Die Axt nach seinem Haupt,
Die schnell im Todessprunge
Sein junges Leben raubt.

„O Vater!" schreit die Arme
Laut auf in scharfem Schmerz.
„Daß Gott sich mein erbarme!
Du triffst mich selbst ins Herz!"
Auf den Geliebten nieder
Sinkt sie in Schmerzgewalt.
Ach, seine schönen Glieder
Sind lang' schon starr und kalt!

Und endlich, als versieget
Der heißen Thränen Quell,
Vom Freund, der leblos lieget,
Abwendet sie sich schnell;
Ab auch von ihm, dem Bösen,
Der einst ihr Vater war;
Das letzte Band zu lösen,
Ruft sie noch laut und klar:

„Auf Nimmerwiederfinden!
Ich geh' nun weit hinaus;
Doch werd' ich auch verschwinden,
Die Rache bleibt nicht aus!
Der Jammer und die Reue,
Sie fassen dich geschwind;
Dann klagst du stets aufs neue
Um dein verloren Kind."

Der Alte, starr und schweigend,
Stand lange noch am Strand;
Und oft, vor Gram sich neigend.
Man an dem Ort ihn fand.
Sein Übermuth, der wilde,
Schien ganz dahin zu sein;
In seltsam stiller Milde
Sah man ihn stets allein.

Nur einmal noch erhoben
Hat er sich stark wie eh;
Da scholl Geschrei und Toben
Zum Schlosse von der See;
Da stürmten wilde Preußen
Das Schloß mit Räuberwuth;
Da sah man Helme gleißen
In rother Feuersgluth.

Zum letzten Mal den Degen
Zog da der Recke wild,
Stürzt sich dem Feind entgegen,
Die Königskron' im Schild.
Ein kurzes grimmes Schlagen —
Dann trifft ein Schwert sein Herz;
Nun ruhts nach schlimmen Tagen
Auch endlich aus vom Schmerz. —

Nur wenig morsche Trümmer
Noch künden uns den Ort;

Da geht wie einst noch immer
Im Volk die Sage fort.
„O König, wilder König,"
So tönts noch oft am Meer,
„Du liebtst dein Kind zu wenig,
Die Krone allzusehr!"

Sanct Albrecht.

on dem kleinen Hügel klinget
Wunderseltsam fremde Mär;
Tief aus alten Zeiten dringet
Sie zu uns, den Neusten
    her,
Von dem tapfern heilgen
    Manne,
Welcher kam aus Polenland,
Fiel im argen Götzenbanne
Und sein Grab hier endlich
    fand.

Als er Viele schon gewonnen,
Sagt man, ward er hier gesehn;
Mächtig hat sein Werk begonnen,
Doch noch weiter mußt' er gehn.
Hin nach Samland über Meere
Fuhr er heil'gen Eifers voll,
Dort auch unsers Gottes Ehre
Alles Volk erheben soll.

Ach! die Schaar der wilden Heiden,
Die der Götzenpriester trieb,
Ließ ihn dort den Tod erleiden!
Gerne starb er Gott zu lieb.
Doch nicht ruhn in schlimmer Erde
Soll der Märtyrer des Herrn,
Daß sein Leib zum Spott nicht werde
Unter blinden Heiden fern.

Plötzlich mit dem Leib zusammen
Wächst das abgeschlagne Haupt.
So ersteht aus eignen Flammen
Jener Phönix, kaum geglaubt!
Siegreich durch die wilden Schaaren
Schreitet kühn der Heil'ge fort,
Ungehindert von Gefahren
Wandert er von Ort zu Ort.

Kommt dahin, wo manche Frommen
Er einst that dem Glauben zu;
Als zu ihnen er gekommen,
Legt er stille sich zur Ruh.
Kleines Kirchlein bau'n die Treuen,
Aber stets seit jener Zeit
Sel'ge Wunder sich erneuen,
Und sein Ruhm klingt weit und breit.

Scheints euch auch zu hoch dem Glauben,
Was man von Sanct Albrecht spricht,

Laßt euch nicht die Freude rauben,
Lacht der frommen Beter nicht!
Christeneifer war sein Leben,
Muth im Glauben war sein Tod;
So wird uns auch Trost gegeben,
Freudigkeit in letzter Noth!

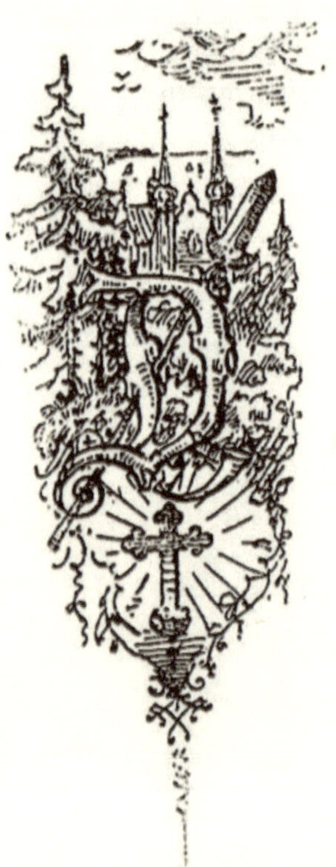

Die Gründung
des Klosters Oliva.

as war der Slawe Subislaus,
Der war ein starker Fechter,
Aus altberühmtem hohem
Haus,
Dem besten der Geschlechter.
Der führte Speer und Spieß
mit Macht;
Er ritt bei Tag, er ritt bei
Nacht
Umsonst nie auf die Fährte.

Daß so voll Waldes war sein Land,
Das that ihn baß erfreuen;
Fast Tag für Tag man drin ihn fand
Auf Jagd mit den Getreuen.
Kein Eber war ihm je zu stark,
Er hielt ihm stand mit festem Mark
Und stieß ihm durch die Rippen.

So jagt' er einst im Bergeswald
Nicht weit vom Meeresstrande;
Wie kräftig, hei! sein Hifthorn schallt,
Liegt wieder eins im Sande!
Den Hirsch, den Ur, den wilden Bär,
Den Eber und was sonst noch mehr,
Die nahm er sich zur Beute.

Doch da geschahs, daß wiederum
Ein Eber auf ihn rannte;
Schnell kehrt der Fürst sich nach ihm um,
Und hält, so wie er's kannte,
Den Spieß ihm vor; doch Strauch und Baum
Beengen allzusehr den Raum;
Er kann das Thier nicht treffen.

Ergrimmt giebt er dem Roß den Sporn,
Um schnell ihn zu erreichen;
Da wird zum Übel ihm sein Zorn;
Das Roß mit blut'gen Weichen
Springt vor ganz wild — da stürzts im
Strauch;
Es fällt, und unter seinem Bauch
Liegt augenblicks der Reiter.

Noch nicht genug! als er im Fall
Rasch auf den Spieß sich stützte,
Brach der entzwei mit lautem Knall
Und ihn gar heftig ritzte;
Vom Schmerz gequält, vom Pferd bedrückt,
Kann er, soviel er zieht und rückt
Sich nicht vom Boden heben.

Laut bläst sein Horn er in den Noth;
Doch Keiner hats vernommen.
Doch wen sieht er beim Abendroth
Dort aus den Bäumen kommen?
Ein kahler Mann mit braunem Rock,
Gestützt auf derben Knotenstock,
Der kommt, ihm aufzuhelfen.

Auf ihn gestützt hinkt Subislaus
Bis hin zu seiner Hütte;
Der pflegt ihn dort im kleinen Haus
Nach guten Arztes Sitte,
Zieht Splitter aus, legt Leinen an
Und träufelt Balsam noch daran,
Auf daß es baldigst heile.

Der Slawe schläft; da sieht im Traum
Er seltsame Gesichte:
Es weitet sich der Hütte Raum
Und strahlt von lauter Lichte;
Draus tritt beflügelt wunderbar,
Mit Lilienkranz geschmückt das Haar,
Die Palm' im Arm ein Frau'nbild.

Er hört sie sprechen: „Acht' auf mich,
Du wilder Fürst von Wilden!
Von heut an sollst du sittiglich
Zu besserm Sinn dich bilden.
Von roher Jagd, von tollem Streit
Laß ab für alle künft'ge Zeit;
Sie können dir nicht helfen.

Willst du das wahre ew'ge Gut,
Halt dich zu deinem Wirthe;
Der bringt mit treuem frommem Muth
Zum Himmelsherrn Verirrte.
Des Herren Christus Lehr' und Leid,
Sie führen dich zur Seligkeit,
Die ohne Ende währet!"

Auf wacht der Fürst. Wohl früher schon
Hört' er von Christus sprechen;
Doch Alle thatens nur mit Hohn
Und lachten sein beim Zechen.
Wie anders jetzt die Lichtgestalt!
Und während er noch sinnt, da schallt
Des würd'gen Klausners Stimme:

„Sieh hier den Mann, am Kreuz erhöht,
Der für die Welt gelitten,
Der jahrelang so früh wie spät
Für unser Heil gestritten!
Ihn, Gottes Sohn, ihn glaub' auch du!
Dann erst hat deine Seele Ruh;
Dann ist der Herr dein Vater!"

Da schmilzt stets mehr und mehr der Sinn
Des Trotzigen und Wilden;
Gern giebt er sich dem Alten hin,
Läßt neu den Geist sich bilden;
Ihn nimmt im Bad der heil'gen Tauf
Herr Christus als den Seinen auf,
Und wahrlich keinen Schwachen!

Gar manchen zog er bald sich nach
In allen seinen Gauen;
Bald ließ er auch, wie er's versprach,
Dem Herrn ein Kloster bauen.
Dort, wo des Klausners Hütte stand,
Mit weitem Blick ob Meer und Land
Wards herrlich aufgerichtet.

Noch heute steht seit jener Zeit
Die Kirche da als Zeichen,
Daß vor des Herren Herrlichkeit
All' andre Mächte weichen.
„Am Ölberg" nannte man sie fromm;
O Wandrer, schaue sie und komm
Zum herrlichen Oliva!

Aus Brot zu Stein.

„Ehrwürd'ger Herr, Ihr wißts wohl gut,
Wie weh der bittre Hunger thut.

Erbarmt Euch doch! von Euerm Brot
Gebt etwas für die schlimmste Noth!"

Der Mönch — ach nein! sein Leben lang
Wußt' nie er was von Hungerszwang

Oft las er wohl das Fastgebot;
Doch dacht' er: „Damit hat's nicht Noth!"

Und mit dem Brot, da war's ihm klar,
Daß Selberessen besser war.

Drum sprach er würdevoll zum Weib:
„Gott segne dich an Seel' und Leib!

Halt aus nur in der Hungersnoth!
Denk', Seligkeit kommt nach dem Tod!

Doch helfen kann ich leider nicht;
Dich trügt dein krankes Augenlicht.

Die Hunde beißen manch' Gotteskind,
Besonders, wenn sie hungrig sind.

Drum trag' ich hier 'nen Stein bei mir,
Zu werfen auf solch bös Gethier."

„Nun denn, so geht damit nach Haus!
Beißt an dem Brot die Zähn' Euch aus!

Euch soll es wahrlich nicht erfreun!
Denn nun werd's wirklich auch ein Stein!"

Der Mönch bekreuzigt sich und eilt
Nach Hause gleich ganz unverweilt.

„Ach was!" spricht er dann, „solch ein Weib
Kann unsereins nicht an den Leib!

Was ängst'g' ich mich vor Hexenkraft?
Angst ist der Dummen Eigenschaft."

Und beißt ins Brot mit Macht hinein;
Doch plötzlich hört man: Wehe! schrein.

Das Brot ward Stein im Klosterhaus,
Der Mönch biß sich die Zähne aus.

Und daß man das Weib nicht gleich verbrannt,
Kam davon nur, daß man's nicht fand.

Zum Zeichen der That am heilgen Mann
Hing man den Stein in der Kirche an.

Und wer nach Oliva will drum gehn,
Der kann ihn dort noch heute sehn.

Der Küster erzählt vom Stein die Geschicht,
Ob er Brot gewesen ist, weiß ich nicht.

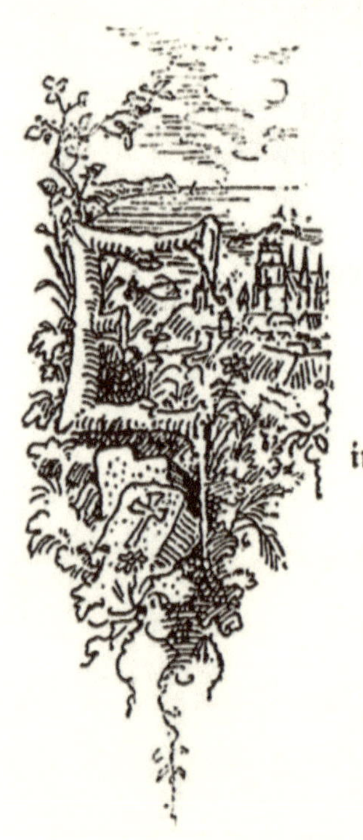

Stolzenberg.

in Wanderer, der weit ge-
reiset schon
Mit bloßem Stocke, Deutsch-
lands kräft'ger Sohn,
Von Nordens Frost bis zu
des Südens Glühn,
Wo Gletscher starren und
wo Myrthen blühn,
Steht auf dem Berg hier,
schaut bewundernd weit
Auf Stadt und Land und Meeres Herrlichkeit.
Hoch hebt die Brust sich, leuchtend schaut der Blick;
„Ja, hier zu wohnen, ist ein selten Glück!"
Und spricht zum Mann, der ihn hierher geführt:
„'s ist nicht zu streiten! Preis, dem Preis gebührt!
Kaum schöner stand ich in Italiens Gau'n!
Welch eine Lust, ob Land und Meer zu schaun!
Ist hier nicht glücklich wohnen, weiß ich's nicht!"
Doch jener seufzt tief schmerzlich auf und spricht:
„Ja wohl, einstmals, vor vierzig Jahren so,
Da lebten wir hier glücklich wohl und froh,
Und Stolzenberg hieß es nicht ohne Recht.

Als in der schlimmen Zeit von anno sechs
So mancher Herr verzagt' voll feigen Schrecks,
Dem unser König eine Stadt vertraut,
Und alles übergab aus heiler Haut,
War unter wen'gen unser Danzig auch,
Das tapfer hielt nach altem gutem Brauch,
Und sich der Feinde lang' genug erwehrt;
Doch was wurd' uns dafür als Lohn bescheert!
Hier um den Berg ging oftmals wilde Schlacht,
Sie stürmten manchesmal mit aller Macht;
Und als nichts half, kein Sturm, kein Kugelspei'n,
Da warfen sie zuletzt uns Feuer drein.
O, an den Tag gedenk' ich lebenslang!
Werd' ihnen dafür einst der rechte Dank!
Haus stürzt um Haus, die Frau'n, die Kinder
schrei'n,
Rathlos steht da auf Trümmern Groß und Klein;
Das Feuer wüthete drei volle Tag',
Bis von der Stadt dreiviertel niederlag.
Ich hatt' noch Glück, mein Haus blieb unversehrt,
Und etwas hat der Wohlstand sich gemehrt,
Als Danzig frei war im Franzosenschutz.
Doch das bracht' uns zuletzt gar wenig Nutz.
Denn als sie endlich sich im Preußenland
Doch aufgerafft nach jenem russ'schen Brand,
Und Russ' und Preuße zogen auf Franzos,
Da ging's hier erst am allerschlimmsten los.
Ein ganzes Jahr lag um die Stadt der Feind,
Mit dem man sich von Herzen gern vereint;
Doch der Franzose drin, der Rapp, hielt fest.
Nun, da bekam auch Stolzenberg den Rest.
Die drinnen wurden immer noch nicht klein;
Da schossen draußen sie mit Bomben drein,
Und Tag auf Tag sah man die Feuersgluth;
Die Speicher brannten auf mit allem Gut.

Und endlich trafs auch uns; hell schlug es auf;
Aus Angst ließ man dem Feuer ganz den Lauf,
Denn wer heraustrat, wagte seinen Kopf.
Da ward manch reicher Mann zum armen Tropf!
Als endlich drinnen sie sich gaben doch,
Da standen hier nicht zwanzig Häuser noch.
Die Stadt, die zehn Jahr früher fröhlich stand,
War jetzt so weit, daß man nur Trümmer fand.
Ich lieb' mein Haus, ich blieb hier doch am Ort;
Allmählich räumten sie den Schutt dann fort;
Nichts blieb als Feld; nur die paar Häuschen hier
Sind neu gebaut, ihr seht, drei oder vier.
Doch ich will bleiben bis an meinen Tod,
Da, wo mein Haus stand; wenig reicht zum Brot."
Still drückt der Wandrer ihm die Hand und geht;
Doch auf der Höh' noch einmal still er steht,
Und blickt gedankenvoll auf Land und Meer:
„O Gott, wie sorgst du für der Wesen Heer
So herrlich allzeit und so väterlich!
Und wie, ach! wüthen Menschen unter sich!"

Das Johannisfest in Jäschkenthal.

ie manche Feuer lohten
    Hier zur Mitsommers-
            nacht,
Als noch die stolzen Gothen
Den Weichselstrom be-
            wacht!
Hoch schlugen auf die
            Flammen,
Drum tanzt' ein wilder
            Chor;
Sie riefen laut zusammen
Zu Wodan, Frigg und
            Thor.

Die stolzen Gothen zogen
Weit fort ins Römerreich;
Ihr Name ist verflogen,
Ihr Fest nicht mit zugleich.

Durch all der Jahre Reihe,
Ob Wodans Macht auch schwand,
Schlug auf zur Festesweihe
Der altgewohnte Brand.

Die wilden Preußen kamen;
Sie hielten gleichen Brauch.
Doch auch mit ihrem Namen
Schwand nicht die Feier auch.
Es kam zum rohen Norden
Mit Religion und Macht
Der eh'rne Ritterorden;
Der tilgt' die Götzenpracht.

Das Volk ließ sich nicht rauben
Die alte heil'ge Sitt;
In seinen neuen Glauben
Nahm es die Feier mit.
Johannes, dem Verkünder,
Galt jetzt der Flammenstoß;
Vom Vater auf die Kinder
Blieb alte Weise groß.

Mit feinerer Gewöhnung
Schwand doch, was allzu roh;
Doch auch bei der Verschönung
Gings immer hell und froh.
Die Noth so mancher Zeiten
Schwächts mehr und mehr wohl ab,
Doch keine konnt' bereiten
Dem alten Brauch das Grab.

Das sah, der richtig lesen
In Volkes Herz stets that,
Mit seinem klugen Wesen
Der Danz'ger Magistrat.
Um treu es zu bewahren,
Doch ohne Mord und Brand,
Nahm er vor fünfzig Jahren
Es selber in die Hand.

Kommst du nun heutzutage
Her am Mittsommerstag,
Dann, Wandrer, rühmend sage,
Was guter Geist vermag!
Man klettert auf die Stange
Trotz Seif' hinauf zur Uhr,
Und in dem dichtsten Drange
Geht Alles nach der Schnur.

In Säcken wird gelaufen,
Gesprungen nach der Wurst,
Im Walde stillt der Haufen
Mit Müh' den Sommerdurst.
Und daß die alte Feier
Behalt' ihr altes Recht,
Aufzucken lauter Feuer
Vor grünem Laubgeflecht.

Des Volkes Haufen brausend
Durchwogen Wald und Thal,

Es preisen all die tausend
Dich, Magistrat, zumal.
Und wie die stolzen Gothen
Auf Wodan, Frigg und Thor,
Ruft, wenn die Flammen lohten,
Dir Heil der ganze Chor!

Anmerkungen.

————

Seite 4. Das Ereigniß mit dem Mühlstein wird in die Zeit der 1343 begonnenen Ummauerung der Rechtstadt versetzt; deshalb steht es auch hier an erster Stelle.

Seite 7. Konrad Letzkau hatte mit den Danzigern gegen den Vogt des Ordens in Dirschau eine Fehde geführt, ohne den Comthur anzurufen. Der letztere war der Bruder des bekannten Vertheidigers der Marienburg. Der Thurm, den die Danziger vor dem Ordensschlosse aufführten, ist der sogenannte „Kikindekäk". Der Grabstein der Ermordeten liegt in der Marienkirche rechts neben dem Altar.

Seite 14. Paul Benecke mit seinem Schiff „Galleyde" war auch der Sage nach nicht der Finder des Bildes; sie sind hier nur genannt als Vertreter der streitbaren Danziger Schiffer überhaupt.

Seite 21. Ebenso ist Eberhard Ferber als der bekannteste Vertreter des Geschlechts genannt, ohne daß damit gesagt sein soll, daß es nicht vielmehr einer seiner Vorfahren war, von dem das Wappen seinen Ursprung genommen haben soll.

Seite 26. Kogge flieht hier nach Dirschau, weil dies noch im Besitz des Ordens war. Die Abweisung seines Anspruchs auf Hülfe braucht nicht grade an diesem Ort geschehen zu sein.

Seite 35. Die Geschichte vom Kehraus findet sich in Quandt's „Johannes Knade's Selbsterkenntniß." Das Ereigniß war aber wohl wirklich geschehen oder wird doch vielfach geglaubt. „Vor den Rath", natürlich dessen bei dem Schützenfest noch anwesende Mitglieder; „blutend", weil ihn die Hellebardiere zuerst nicht hineinlassen wollten. Graf Eisenburg ein Feldherr des Ordens, ebenso Schomburg.

Seite 43. Prior Rollau ist nur als der Übergeber des Klosters an den Rath bekannt, daß er auch als der Vertheidiger vor Gericht hier genannt wird, möge man auf den Wunsch nach Concentrirung des Stoffes zurückführen.

Seite 47. Vom Glöckner wird hier angenommen, daß die in Folge des starken Ziehens zu stark schwingende Glocke ihn traf und er sodann durch eins der Schalllöcher herabstürzte. Natürlich macht diese Darstellung nicht Anspruch darauf, die bestimmt richtige zu sein.

Seite 59. „Grad die Wildheit — —" gemeint ist, daß die Ausschweifungen, mit der innern Angst in Folge der Prophezeihung verbunden, sein Ende veranlaßten.

Seite 61. Die Geschichte von der Birgittenglocke wird auf den bekannten Zacharias Zapp bezogen, nach dem wohl auch die Zapfengasse benannt ist. Das Geläut vom Thurm der Johanniskirche findet — oder fand — morgens zwischen 5 und 6 Uhr statt.

Seite 71. 1734 nahm Danzig den von den Polen vertriebenen Stanislas Lesczynski bei sich auf, den es allein als König anerkannte. Vor der Übergabe der Stadt war er geflohen, sodaß die Russen den Zweck der Belagerung nicht erreichten.

Seite 74. Die „letzte Danziger Verschwörung" des Studenten Bartholdi, die entweder ein bloßer Dummerjungenstreich war oder in ihren ersten Anfängen stecken blieb, ist dem Verfasser wie den Danzigern überhaupt durch den Vortrag des Herrn Archidiakonus Bertling im Mai 1889 bekannt geworden und ganz im Anschluß an denselben behandelt. Daß sie keine ernsthaftere Behandlung verdiente, beweist schon die Nichtvollstreckung des Todesurtheils an dem überspannten Jüngling.

Seite 77. Die Speicher waren, wie man geglaubt hatte, vor Kugeln durch die Überfluthung des Werders geschützt. Daß ein Verrath das Einschlagen der verhängnißvollen Bombe veranlaßte, glaubt Verf. nicht und hat es noch weniger andeuten mögen. Auch ist es unwahrscheinlich, da offenbar nur ein Zufall es dahin bringen konnte, daß eine Kugel so weit flog.

Seite 83. „Im Schatten des Domes" bezieht sich auf die Vereinigung des akademischen Gymnasiums mit der Marienschule und die Unterbringung der Anstalt am Pfarrhof bis zur Errichtung des Gebäudes am Buttermarkt, dem jetzigen Winterplatz; ein Erinnerungstag, dessen fünfzigste Wiederkehr wohl verdient hätte gefeiert zu werden.

Seite 89. Den kleinen Scherz von der Überschwemmung des Langenmarktes, die im Sommer 1883 stattfand und hier ein wenig übertrieben ist, mögen meine Mitbürger mir nicht übelnehmen. Die Einzelheiten des Vorfalls werden wohl besonders den Betheiligten noch im Gedächtniß sein.

Seite 93. Kaiser Friedrich war als Prinz u. A. um das Jahr 1850 in Danzig, wo man ihn am Altar der Marienkirche stehen sah und seine jugendliche Schönheit bewunderte. Seine spätere Anwesenheit bei dem Kaiserbesuche 1879 und der großen Begegnung von 1881 ist bekannt, auch daß er damals grade die Marienkirche wieder besuchte. Die letzte Strophe wird auch wohl ohne Erklärung nur zu verständlich sein.

Seite 109. Die Geschichte von der Verwandlung des Brotes in Stein wird auch an andere Kirchen angeknüpft, so auch an die Marienkirche. Diese ist hier nicht genannt, weil schon reichlicher Stoff grade über sie — wie sie es werth ist — geboten war.

Seite 112. Von Seume, dessen Bezeichnung wohl erkennbar ist, ist dieses Urtheil über die Aussicht von Stolzenberg ausdrücklich überliefert.

Seite 115. Aus dem Schlußgedicht möge man nichts als die Freude an der Bewahrung einer alten Volkssitte herauslesen. Spott hat dem Verf. durchaus ferngelegen.

Im Allgemeinen erlaubt sich der Verfasser die Freunde der Danziger Sagen zu bitten, nicht annehmen zu wollen, daß er die ihnen vielleicht bekanntere und liebere Form mancher Sagen nicht gekannt habe, sowie daß er manche hier nicht behandelte übersehen habe. Theils wollte er den Umfang des Werkes nicht zu sehr ausdehnen, theils schien ihm nicht Alles zu dichterischer Bearbeitung geeignet, theils wollte er seinem Vorgänger Garbe nicht zu sehr auf die Fersen treten. Von den verschiedenen Formen der Sagen hat er die ihm persönlich zusagendste und für die Bearbeitung am geeignetsten erscheinende ausgewählt; und schließlich konnte unter mehreren gleichwerthigen doch nur eine zur Benutzung kommen. Nicht alles, was sich schön erzählen läßt, eignet sich auch für die hier meist gewählte Balladenform. Und somit nichts für ungut, und herzlichen Gruß allen Danzigern!

A. B.